クリスティー文庫
108

蜘蛛の巣
〔小説版〕

アガサ・クリスティー
（チャールズ・オズボーン小説化）
山本やよい訳

Agatha Christie

SPIDER'S WEB by Agatha Christie
Novelised by
Charles Osborne

Translated by
Yayoi Yamamoto
First published 2025 in Japan by
HAYAKAWA PUBLISHING, INC.
This book is published in Japan by
arrangement with
AGATHA CHRISTIE LIMITED
through TIMO ASSOCIATES, INC.

蜘蛛の巣〔小説版〕

登場人物

クラリッサ・ヘイルシャム＝ブラウン……コップルストーン邸の女主人
ヘンリー・ヘイルシャム＝ブラウン………クラリッサの夫。外務省の高官
ピッパ……………………………………………クラリッサの継娘（ままむすめ）。ヘンリーとミランダの娘
ローランド（ローリー）・デラヘイ卿 ……クラリッサの後見人
ヒューゴ・バーチ………………………………ローランド卿の友人。治安判事
ジェレミー・ウォレンダー……………………クラリッサの友人
ミランダ…………………………………………ヘンリーの前妻
オリヴァー・コステロ…………………………ミランダの現在の夫
ミス・ピーク……………………………………庭師
エルジン…………………………………………執事
ロード警部………………………………………捜査を担当する警察官
ジョーンズ巡査…………………………………ロード警部の部下

第一章

ヘンリー・ヘイルシャム＝ブラウンとクラリッサ夫妻の住まいであるコップルストーン邸は、十八世紀に建てられた優雅なカントリーハウスで、丘がゆるやかな起伏を描くケント州の田園地帯にあり、三月の雨の午後が終わろうとするいまも優美な姿を見せていた。趣味のいい家具が置かれ、庭に面してフレンチドアがある一階の客間では、コンソールテーブルのそばに二人の男性が立ち、テーブルにはポートワインのグラスを三つ並べたトレイが置かれ、グラスにはそれぞれ、一、二、三と番号のついたラベルが貼ってあった。テーブルにはまた、紙と鉛筆も置いてあった。

すわり心地のいい椅子の肘掛けに、ローランド・デラヘイ卿という、立派な風采に魅力的で洗練された物腰の五十代初めの男性が腰をのせ、友人に目隠しをしてもらっていた。友人というのはヒューゴ・バーチ、六十歳ぐらいで、いささか怒りっぽいタイプだが、その彼がテーブルのグラスのひとつをとってローランド卿のてのひらにのせた。ローランド卿はポートワインをひと口飲み、しばらく考えてから言った。「これは——そう——間違いない——うん、ダウの四二年だ」

ヒューゴがグラスをテーブルに戻して、「ダウの四二年」とつぶやき、メモ用紙に書きこんでから、次のグラスをローランド卿に渡した。ローランド卿はポートワインをまたひと口飲んだ。手を止め、もうひと口飲み、やがて、自信たっぷりにうなずいた。「うむ、すばらしく上等のポートだ」もう一度飲んだ。「間違いない。コックバーンの二七年」

グラスをヒューゴに返しながら、ローランド卿はさらに続けた。「クラリッサにも困ったものだ。コックバーンの二七年をこんなくだらん利き酒に使うとは。神への冒瀆だ。だが、考えてみれば、女というのはポートワインをまったく理解していないからな」

ヒューゴはグラスを受けとると、テーブルのメモ用紙にローランド卿のコメントを書きこみ、彼に最後のグラスを渡した。ポートワインを軽く口に含むと、ローランド卿の反応は間髪を容れず厳しいものとなった。「ウウッ！」さもいやそうに叫んだ。「ポートふうに造ったリッチ・ルビーだ。クラリッサがなぜこんなものを家に置いているのか、わたしには理解できない」

自分の意見をはっきり述べたあとで、ローランド卿は目隠しをはずした。「さあ、次はきみの番だ」と、ヒューゴに言った。

ヒューゴは鼈甲縁(べっこうぶち)の眼鏡をはずすと、ローランド卿に目隠しをしてもらった。「安物のポートはたぶん、野ウサギのシチューかスープの風味づけに使ってるんだろう」と意見を述べた。「安物のポートを客に出すのをヘンリーが許すとは思えない」

「さあ、ヒューゴ」友の目隠しを終えたところで、ローランド卿が言った。「子供たちが目隠し鬼ごっこをするときのように、きみを三回まわすとしよう」そう言いながら、ヒューゴを肘掛椅子のほうへ連れていき、そこにすわらせようとして彼の身体をまわした。

「まあまあ、落ち着きたまえ」ヒューゴは文句を言った。背後の椅子を手で探った。

「これでいいか?」ローランド卿が訊いた。

「ああ」

「では、グラスの順序を変えておこうかね」ローランド卿はそう言うと、テーブルに並んだグラスの位置をわずかに変えた。

「そんな必要はない」ヒューゴがローランド卿に言った。「わたしがきみの意見に影響されるとでも思っているのか？　ポートワインの利き酒に関しては、きみに負けるわけがない、ローリー」

「自信過剰はよくないぞ。とにかく、慎重にやるに越したことはない」ローランド卿は言い張った。

彼がグラスのひとつをヒューゴに渡そうとしたそのとき、ヘイルシャム＝ブラウン家に招かれていた三人目の客が庭から入ってきた。ジェレミー・ウォレンダー、二十代の魅力的な青年で、背広の上にレインコートをはおっている。ゼイゼイと、見るからに息を切らしながらソファまで行き、勢いよくすわろうとしたが、そのとき、何かが進行中であることに気づいた。「お二人でいったい何をやってるんです？」レインコートと背広の上着を脱ぎながら訊いた。「カード三枚を伏せてクイーンを当てさせるゲームを、グラスでやろうというんですか？」

「何事だ？」目隠しされているヒューゴが尋ねた。「誰かが犬でも連れてきたような騒々しさだが」

「ウォレンダーくんが入ってきただけだよ」ローランド卿は答えた。「行儀よくしていたまえ」

「おやおや、犬がウサギを追いかけてるのかと思った」ヒューゴは言った。

「レインコートをはおったまま、表門まで三回往復したものですから」ソファにドサッとすわりながら、ジェレミーが説明した。「ヘルツォスロヴァキアの大使は重いレインコートを着たまま、四分五十三秒で走ったそうなんです。ぼくは全力でがんばったけど、六分十秒が限界でした。それに、大使のタイムだって信じられないな。レインコートを着てても着てなくても、そんなタイムで走れるのはオリンピック選手だったクリス・チャタウェイぐらいですよ」

「ヘルツォスロヴァキアの大使のことは誰に聞いたんだね？」ローランド卿が尋ねた。

「クラリッサさんです」

「クラリッサ！」ローランド卿は大声で言い、クックッと笑った。

「やれやれ、クラリッサか」ヒューゴが鼻を鳴らした。「クラリッサの言うことを真に受けてはだめだ」

なおもクックッと笑いながら、ローランド卿が続けた。「この家の女主人のことがよくわかっていないようだな、ウォレンダー。じつに想像力旺盛なタイプだぞ」

ジェレミーが立ち上がった。「すべて作り話だというんですか？」憤慨の口調で訊いた。

「そうだな、クラリッサならやりかねん」ローランド卿はそう答えながら、目隠しをされたままのヒューゴに三個のグラスのひとつを渡した。「それに、いかにもクラリッサが思いつきそうないたずらだ」

「そうなんですか？　本当に？　ぼくがクラリッサさんと顔を合わせるまで待ってくださいよ」ジェレミーはきっぱり言った。「クラリッサさんに文句を言っておかなきゃ。やれやれ、どっと疲れました」レインコートを抱えて大股で廊下へ出ていった。

「セイウチみたいにゼイゼイいうのはやめてくれ」ヒューゴが文句を言った。「こっちは集中しようとして必死なんだぞ。五ポンドが懸(か)かっている。ローリーと賭けをしたんだ」

「おや、どんな賭けです？」戻ってきたジェレミーがソファの肘掛けに腰をのせながら尋ねた。

「ポートワインの最高の目利きは誰かを決めようとしているのだ」ヒューゴが彼に言った。「ここにあるのはコックバーンの二七年、ダウの四二年、そして、近所の食料雑貨店の特売品。さて、お静かに。ここからが大事なところだ」手にしたグラスの酒をひと口飲み、「ふむ……はあ」と、曖昧(あいまい)なつぶやきを漏らした。

「どうだね？」ローランド卿が訊いた。「最初のグラスがなんなのか、見当がついたかい？」

「そう急かさんでくれ、ローリー」ヒューゴは大声を上げた。「性急に判断するつもりはない。次のグラスはどこだ？」

ヒューゴは渡されたグラスをしっかり持った。ひと口飲んで意見を述べた。「うん、このふたつには自信がある」二個のグラスの香りをもう一度たしかめた。「最初のはダウだ」グラスを一個差しだして断言した。「次がコックバーン」と続けて、もう一個のグラスを返すあいだに、ローランド卿がくりかえした。「三番のグラスがダウ、一番がコックバーン」と言いながらメモをとった。

「まあ、残ったグラスは試すまでもないな」ヒューゴが宣言した。「だが、とりあえず飲んでみよう」

「では、これを」ローランド卿は最後のグラスを渡した。

グラスの酒を口に含んだヒューゴは、まずくてたまらないという叫びを上げた。「ひ、ひどい！　ウウッ！　飲めたものではない」グラスをローランド卿に返し、ポケットからハンカチを出して、不快な味を消すために唇を拭いた。「このいやな味を口から消すには一時間ほどかかりそうだ」とぼやいた。「目隠しをはずしてくれ、ローリー」

「ぼくがやりましょう」ジェレミーが言って立ち上がると、目隠しをはずすためにヒューゴの背後にまわり、そのあいだに、ローランド卿は三個目のグラスのポートを口に含んでからテーブルに戻した。

「つまり、ヒューゴ、きみの意見はこうだね？　二番のグラスが食料雑貨店の特売品？」ローランド卿は首を横にふった。「ばかばかしい！　これこそダウの四二年だ。間違いない」

ヒューゴは目隠しの布をポケットにしまった。「フンッ！　味音痴になったようだな、ローリー」

「ぼくにもやらせてください」ジェレミーが言った。テーブルまで行き、三個のグラスのポートを次々に口に含んだ。しばらく動きを止め、もう一度それぞれのグラスの味見をしてから、正直に言った。「うーん、みんな同じ味のようだけど」

「若い者ときたら！」ヒューゴがたしなめた。「くだらんジンなど飲んでおるせいだ。舌がバカになっている。ポートの味がわからんのは女だけではないようだな。いまの時代、四十歳以下の男もわかっておらん」

ジェレミーが返事をする暇もないうちに、書斎へ通じるドアが開いて、二十代後半の黒髪の美女、クラリッサ・ヘイルシャム＝ブラウンが入ってきた。「みなさま、ようこそ」ローランド卿とヒューゴに挨拶した。「おわかりになりまして？」

「ああ、クラリッサ」ローランド卿が請け合った。「答えは用意してあるぞ」

「わたしが正しいに決まっている」ヒューゴが言った。「一番がコックバーン、二番がポートふうに造られた安酒、三番がダウだ。そうだろう?」

「バカな」クラリッサが返事をする前に、ローランド卿が叫んだ。「一番がダウ、二番がコックバーン、三番がポートふうに造られた安酒。合っているね?」

「あらあら!」クラリッサがすぐに返した言葉はそれだけだった。まずヒューゴに、それからローランド卿にキスをして、続けて言った。「ねえ、お二人のどちらでもいいので、トレイをダイニングルームに返しておいてくださいな。サイドボードにデカンターが置いてあります」ひそかに笑みを浮かべて、小さなテーブルにのせてある箱からチョコレートを一個とった。

ローランド卿はグラスの並んだトレイを持ち上げ、客間を出ようとしたものの、そこで足を止めた。「デカンターだと?」用心深く尋ねた。

クラリッサはソファにすわり、両足を上げて身体の下にたくしこんだ。「そうよ。デカンターがひとつだけ」クスッと笑った。「あのね、全部同じポートワインなの」

第二章

クラリッサの言葉は、それを耳にした者からそれぞれ異なる反応をひきだした。ジェレミーが爆笑し、クラリッサのところへ行ってキスをするいっぽうで、ローランド卿は驚愕(きょうがく)のあまり呆然(ぼうぜん)と立ち尽くし、ヒューゴは自分たち二人をからかったクラリッサにどんな態度をとるべきか、決めかねている様子だった。

ようやく口が利けるようになったローランド卿の言葉はこうだった。「クラリッサ、この破廉恥(はれんち)な詐欺師」しかし、その口調には愛情がこもっていた。

「だって」クラリッサは答えた。「午後もずっと雨で、おじさまたち、ゴルフができなかったでしょ。だから、楽しませてあげなきゃと思ったの。みなさんでけっこう楽しめたんじゃない?」

「あきれたものだ」トレイを持ってドアのほうへ行きながら、ローランド卿は叫んだ。「恥を知りなさい。目上の者をからかったりして。すべて同じポートワインだと推測したのは、ここにいるウォレンダーくんだけだ」

ここでヒューゴが笑いだし、ローランド卿と一緒にドアのほうへ行った。「どこの誰だったかな？」ローランド卿の肩に手をまわして訊いた。「コックバーンの二七年で間違いないと言ったのは」

「もう勘弁してくれ、ヒューゴ」ローランド卿はあきらめの口調で言った。「あとでそいつを少し飲もうじゃないか。コックバーンではないかもしれんが」二人の男性は話をしながら廊下へ通じるドアから出ていき、ヒューゴがドアを閉めた。

ジェレミーはソファにすわったクラリッサと向かい合った。「あのですね、クラリッサさん」非難の口調で言った。「ヘルツォスロヴァキアの大使の話って、どういうことなんです？」

クラリッサは無邪気な表情でジェレミーを見た。「どういうことって？」

ジェレミーは彼女に指を突きつけ、ゆっくりと明瞭に言った。「大使がレインコートを着たまま、表門まで三回走って往復し、そのタイムが四分五十三秒だったというのは本当なんですか？」

クラリッサは甘い微笑を浮かべて答えた。「ヘルツォスロヴァキアの大使って、とってもいい方よ。でも、六十歳をかなり過ぎてらっしゃるから、ここ何年も走ったことなんかないんじゃないかしら」

「すると、あなたの作り話だったんですね。たぶんそうだろうと、ローランド卿たちに言われました。でも、どうしてそんなことを？」

「だって」前以上に甘い微笑を浮かべて、クラリッサは答えた。「朝からずっと、運動不足だってブツブツおっしゃってたでしょ。だから、友人としてわたしにできるのは、あなたの運動のお手伝いをすることだけだと思ったの。がんばって森のなかを走ってらっしゃいと勧めてもだめだったでしょうけど、挑戦に飛びつく人だってことはわかってたわ。だから、挑戦すべき相手を作ってあげたの」

ジェレミーはふざけ半分に憤慨のうめきを上げた。「クラリッサさん、本当のことは言わない人なんですか？」

「もちろん言うわよ――たまにね」クラリッサは正直に答えた。「でも、本当のことを言っても、誰も信じてくれないみたい。すごく変でしょ」しばらく考えこみ、それから話を続けた。「人が嘘をつくときって、たぶん必死になるから、本当らしく聞こえるんじゃないかしら」ゆっくりとフレンチドアのほうへ行った。

「ぼくの血管が破裂したかもしれないのに」ジェレミーは文句を言った。「あなたは気にもしなかったでしょうね」

クラリッサは笑って、ドアをあけながら言った。「晴れてきたみたい。すてきな夜になりそうだわ。雨上がりの庭って、とってもいい香りなのよ」身を乗りだして鼻をくんくんさせた。「水仙ね」

彼女がドアを元どおりに閉めるあいだに、ジェレミーがそばにやってきた。「こんな田舎で暮らすのが本当に好きなんですか？」

「大好き」

「でも、いまに死ぬほど退屈するに違いない。あなたには似合いませんよ、クラリッサさん。劇場が恋しくてたまらなくなるに決まっている。若いころはとても芝居好きな方だったと聞いています」

「ええ、そうだったわ。でも、いまはここがわたし自身の劇場なの」クラリッサは笑いながら言った。

「いいえ、あなたはロンドンで華やかな暮らしを送るべきです」

クラリッサはふたたび笑った。「あらあら——パーティとか、ナイトクラブとか？」

「パーティ、そうです。あなたなら社交界の花形になれる」ジェレミーは笑いながら彼女に言った。

クラリッサは彼のほうを向いた。「エドワード七世時代の小説に出てきそうね。それはともかく、外務省のパーティなんて死ぬほど退屈なものよ」

「しかし、惜しいですね。あなたがこんなところでひっそり暮らすなんて」ジェレミーはしつこく言いながら、クラリッサのそばへ行き、手をとろうとした。

「惜しい？　わたしのしていることが？」クラリッサは手をひっこめた。

「ええ」ジェレミーは熱をこめて答えた。「それに、ヘンリーの存在も」

「ヘンリーがどうかして？」クラリッサは安楽椅子のクッションを軽く叩くのに忙しかった。

ジェレミーは彼女をじっと見た。「そもそもなぜヘンリーと結婚なさったのか、ぼくには理解できません」勇気を奮い起こして答えた。「ヘンリーはあなたよりずっと年上だし、学校に通う娘までいる」肘掛椅子にもたれ、クラリッサをじっと見つめた。「優秀な人物であることは、ぼくも疑っていません。しかし、つねにもったいぶってるじゃないですか。謹厳(きんげん)そうな顔で歩きまわったりする」ここで言葉を切って相手の反応を待った。なんの反応もないので、さらに続けた。「よどんだドブ川みたいに退屈な人だ」それでも、クラリッサは無言だった。ジェレミーはさらに言ってみた。「おまけに、ユーモアのセンスもない」ちょっとすねたような口調でつぶやいた。

クラリッサは彼を見て微笑したが、何も言わなかった。

「ひどいことを言うやつだとお思いですか」ジェレミーが声を高めた。

クラリッサは長いベンチの端に腰かけた。「ううん、かまわないわ。なんとでも好きなようにおっしゃって」

ジェレミーはベンチに近づき、彼女の横にすわった。「じゃ、あなたもお気づきなんですね？　自分が間違っていたことに」熱っぽく尋ねた。

「あら、間違ったことなんてないわ」というのが、クラリッサの柔らかな返答だった。そのあとで、からかうようにつけくわえた。「不道徳にもわたしを口説くおつもりなの、ジェレミー？」

「もちろん」ジェレミーは即答した。

「まあ、すてき」クラリッサは声高に言って、肘でジェレミーを小突いた。「続けてちょうだい」

「あなたに対するぼくの気持ちはおわかりだと思います、クラリッサ」ジェレミーは憂鬱そうな声で言った。「でも、あなたはぼくをからかってるだけだ。そうでしょう？　ふざけてばかり。あなたのいつもの遊びなんだ。ねえ、たまには真剣になれないんですか？」

「真剣？　〝真剣〟のどこがそんなにいいの？　世界にはすでに真剣さがあふれてるじ

ゃない。わたしは楽しくやるのが好きだし、周囲のみなさんにも楽しくやってもらいたいの」

ジェレミーは悲しげな笑みを浮かべた。「あなたがぼくのことを真剣に考えてくれれば、いまこの瞬間から、ずっと楽しくやれるんですが」

「あらあら、おやめなさい」クラリッサはいたずらっぽく命じた。「いまだって楽しくやってらっしゃるでしょ。わが家の週末のお客さまとして、わたしのすてきな名付け親のローリーと一緒にいらしたわけだし。それに、今夜は優しいヒューゴおじさまも一杯やりにいらしてる。ヒューゴとローリーが顔をそろえると、とても愉快なのよ。楽しんでないなんて言わせませんからね」

「もちろん、楽しんでますよ」ジェレミーは認めた。「だけど、ぼくが本当に言いたいことを、あなたはどうしても言わせてくれない」

「バカなこと言わないで。なんでも好きなことをおっしゃっていいのよ」

「本当に？　いいんですか？」

「もちろん」

「わかりました。じゃ」ジェレミーは言った。ベンチから立ちあがり、クラリッサと向き合った。「愛しています」と宣言した。

「うれしいわ」クラリッサは陽気に答えた。

「その返事はどう考えても間違ってます」ジェレミーは文句を言った。「同情のこもった低い声で〝残念だわ〟と言わなくては」

「でも、べつに残念じゃないんですもの」クラリッサは言い張った。「喜んでるの。わたし、人に愛されるのが好きだから」

ジェレミーはふたたび彼女の横にすわったが、顔を背けた。かなり動揺している様子だった。彼にちらっと目を向けて、クラリッサは訊いた。「わたしのためなら、どんなことでもしてくださる？」

彼女のほうを向いて、ジェレミーは熱っぽく答えた。「やりますとも。なんでも。どんなことでも」と断言した。

「本当？ 例えば、わたしが誰かを殺したとしたら、助けてくださる？――ううん、もうやめましょう」クラリッサは立ち上がり、その場を何歩か離れた。

ジェレミーはクラリッサのほうを向いた。「いや、続けてください」とせがんだ。

クラリッサはしばらく足を止め、それから話しはじめた。「さっき、おっしゃったでしょ。こんな田舎で暮らしていたら、いまに退屈するに違いないって」

「ええ」

「そうね、ある意味ではそうかもしれない。というより、ひそかな趣味がなかったら、退屈してたでしょうね」

ジェレミーは困惑の表情になった。「ひそかな趣味？　なんのことです？」と尋ねた。

クラリッサは大きく息を吸った。「あのね、ジェレミー、わたしの人生ってずっと平穏無事だったでしょ。刺激的なことなんて起きたためしがない。だから、ささやかなゲームを始めたの。名付けて〝もし……だったら〟ゲーム」

ジェレミーは当惑の表情になった。「〝もし……だったら〟？」

「ええ」クラリッサは部屋のなかを行きつ戻りつしはじめた。

「例えば、〝もし、ある朝わたしがここに下りてきて死体を見つけたら〟どうすればいいかしら？　あるいは、〝もし、ある日一人の女性がここに案内されてきて、自分はヘンリーとコンスタンティノープルでひそかに結婚した、だから、あなたとヘンリーの結婚は無効だと言いだしたら〟わたしはその女性になんて言えばいいの？　あるいは、〝もし、わたしが本能の命じるままに人生を歩み、有名な女優になったとしたら？〟あるいは、〝もし、わたしが祖国を裏切るか、ヘンリーが目の前で銃殺されるのを見るか、そのどちらかを選ばなくてはならないとしたら？〟」クラリッサは不意にジェレミーに笑みを向けた。「あるいは、そうね――」肘掛椅子にすわった。「〝もし、ジェレミーと駆け落ちしたとしたら？〞次はどうなるかしら」

ジェレミーはクラリッサのそばへ行き、膝をついた。「それは光栄です」と言った。「しかし、そういう特異な状況を本気で想像したことがあるんですか？」

「ありますとも」クラリッサは笑顔で答えた。

「ほう？　で、どうなりました？」ジェレミーは彼女の手を握った。

クラリッサはまたしても手をひっこめた。「あのね、このあいだ想像したときは、あなたと二人でリヴィエラのジュアン＝レ＝パンへ逃げたのよ。そしたら、ヘンリーが追いかけてきたの。リボルバーを持って」

ジェレミーはギョッとした顔になった。「大変だ！」と叫んだ。「で、ぼくが撃たれたんですか？」

クラリッサはその場面を思いだして微笑した。「わたしの記憶では、ヘンリーはこう言ったわ――」いったん言葉を切り、ひどく芝居じみた言い方に変わった。「〝クラリッサ、きみがわたしと一緒に帰るか、もしくは、わたしが自殺するかだ〞って」

ジェレミーは立ち上がってクラリッサから離れた。「ずいぶん寛大なお言葉ですね」と言ったが、納得していない口調だった。「ヘンリーがそんなことを言うなんて考えられない。しかし、それはともかく、あなたはなんて答えたんです？」

クラリッサはいまも満足そうな笑みを浮かべていた。「じつは、両方やってみたのよ」と正直に言った。「ひとつはこんな感じ――ほんとにごめんなさいってヘンリーに言うの。あなたの自殺なんてぜったい望んでないけど、ジェレミーを深く愛してしまったから、わたしにはもうどうにもできないって。ヘンリーがわたしの足元に身を投げだして涙にむせぶけど、わたしの決意は揺るがない。〝あなたのことは好きよ、ヘンリー。でも、ジェレミーなしでは生きていけない。これでお別れよ〟と彼に言う。それから家を飛びだして、あなたが待っている庭に駆けこむ。二人で庭の小道を走って表門へ向かうあいだに、家のなかで銃声が響くのが聞こえるけど、わたしたちは走りつづける」

「なんてことだ!」ジェレミーはあえいだ。「ヘンリーにとっては痛手だったでしょうね。気の毒に」一瞬考えこみ、それから続けた。「でも、両方やってみたとおっしゃいましたね。もう一方はどうでした?」

「あのね、ヘンリーがすごく惨めな顔になり、哀れな声で懇願するから、わたしはヘンリーを捨てることができなくなってしまうの。あなたのことをあきらめ、ヘンリーを幸せにするために生涯を捧げようと決心するのよ」

ジェレミーはいまや完全に憂鬱な表情になっていた。哀れな声で言った。「そりゃまあ、あなたは楽しいでしょうね。でも、お願いですから、たまには真剣になってください。〝愛しています〟とあなたに言うときのぼくは、とても真剣なんですよ。昔からずっと愛していました。あなたも気づいていたはずだ。ぼくに希望がないというのはたしかですか？　年配の退屈なヘンリーと残りの人生を送ろうなんて、本気で思ってるんですか？」

ひょろっとした背の高い十二歳の少女が帰ってきたおかげで、クラリッサは質問に答えずにすんだ。少女は制服を着て、学生カバンを持っている。「ただいま、クラリッサ」と言いながら部屋に入ってきた。

「お帰り、ピッパ」継母（ままはは）のクラリッサが返事をした。「遅かったのね」

ピッパは帽子とカバンを安楽椅子に置いた。「音楽のレッスンだったの」簡潔に説明した。

「あ、そうだったわね」クラリッサは思いだした。「ピアノの日。そうよね？　楽しかった？」

「ううん。ゲーッだった。つまんない練習を何度も何度もさせられるんだもん。指の動きをなめらかにするためだって、ファロウ先生は言うのよ。あたしが練習してったすてきな独奏曲なんて、ぜったい弾かせてくれないんだから。何か食べるものはない？　おなかがすいて死にそう」

クラリッサは立ち上がった。「いつものようにバスのなかでパンを食べなかったの？」

「食べたけど、三十分も前だよ」ピッパは懇願するようにクラリッサを見た。滑稽と言ってもいい表情だった。「ケーキか何かないの？　夕食まで持つようなもの」

クラリッサはピッパの手をとると、笑いながら、廊下に続くドアまで連れていった。

「何かないか探してみましょうね」と約束した。部屋を出ていくときに、ピッパが期待をこめて訊いた。「あのケーキ、残ってないの？――サクランボがのってるやつ」

「ないわ」クラリッサが言って聞かせた。「昨日、あなたが食べちゃったでしょ」

二人の声が廊下を遠ざかるのを聞きながら、ジェレミーは微笑して首を横にふった。二人が何も聞こえないところへ行ってしまうが早いか、すばやく机のところへ行き、引出しをひとつかふたつ、急いであけた。しかし、「ちょっと、そこの人！」庭のほうから不意に威勢のいい女性の声がしたので、ビクッとし、あわてて引出しを閉めた。フレンチドアのほうを向くと、ちょうど、ツイードの服にゴム長という格好の、四十歳ぐらいの大柄で陽気な顔立ちの女性がドアをあけようとするところだった。ジェレミーを見て、女性は手を止めた。ドアの前に立ってぶっきらぼうに訊いた。「ヘイルシャム＝ブラウンさんの奥さんはいる？」

ジェレミーは机からさりげなく離れ、ソファまでゆっくり歩きながら返事をした。

「いますよ、ミス・ピーク。ピッパを連れて台所へ行ったところです。何かないかとピッパが言うものだから。なにしろ、あの子はいつだっておなかがペコペコですからね」

「子供は間食なんかしちゃいけないのよ」というのが彼女の返事だった。朗々と響く男性的と言ってもいい声だ。

「お入りになりませんか、ミス・ピーク？」ジェレミーは尋ねた。

「いいや、入るのは遠慮しとくよ。ゴム長がこんなだからね」ミス・ピークは大声で笑って説明した。「庭の土の半分を家に持ちこむことになっちまう」ふたたび笑った。

「明日の昼食にどんな野菜がほしいか、奥さんに訊きに来ただけなんだ」

「うーん、ぼくではちょっと――」ジェレミーが言いかけると、ミス・ピークがさえぎった。「わかった」大声で言った。「出直してくるよ」

出ていこうとしたが、そこでふり向いてジェレミーを見た。「そうだ、その机の扱いは慎重に。いいね？　ウォレンダーさん」横柄(おうへい)な口調で言った。

「ええ、もちろんです」ジェレミーは答えた。

「値打ちものの骨董品(こっとうひん)なんだからね」ミス・ピークは説明した。「引出しをさっきみたいに乱暴にあけるなんて、もってのほかだ」

ジェレミーは狼狽の表情になった。「ほんとにすみません」と謝った。「便箋を探してただけなんです」

「机についてる真ん中の仕切り棚だよ」ミス・ピークが大声で言いながら、そちらを指さした。

ジェレミーは机のほうを向いて、真ん中の仕切り棚をあけ、便箋をとりだした。

「そう、それ」ミス・ピークはぶっきらぼうに続けた。「不思議だよね。目の前にあっても気がつかないことがよくあるんだから」そして、さも愉快そうに笑いながら、大股で庭へ戻っていった。ジェレミーも一緒になって笑ったが、ミス・ピークがいなくなったとたん、笑うのをやめた。机のところへひきかえそうとしたとき、パンをもぐもぐ食べながらピッパが戻ってきた。

第三章

「わあ。このパン、すごくおいしい」パンを口いっぱいに頬ばって、ピッパがそう言いながら背後のドアを閉め、べとべとする指をスカートで拭いた。

「やあ、戻ってきたね」ジェレミーは声をかけた。「学校は楽しかったかい？」

「ひどかった」パンの残りをテーブルに置きながら、ピッパは陽気に答えた。「今日は〝世界の出来事〟を習ったの。先生が大好きなやつ。でも、ダメダメな先生なの。クラスの生徒をおとなしくさせておけないんだもの」

カバンから本を一冊とりだすピッパにジェレミーは尋ねた。「きみの好きな科目はなんだい？」

「生物よ」というのが、熱のこもったピッパの即答だった。「だーい好き。昨日はカエルの脚の解剖だったんだ」ピッパはジェレミーの顔の前に本を突きだした。「見て。露天の古本屋で見つけたの。きっと、すごく珍しい本だよ。百年以上も前のだもん」

「いったい、なんの本？」

「レシピブックって感じかな」ピッパは説明した。本を開いた。「わくわくする。すっごくわくわくしちゃう」

「へーえ、どんなことが書いてあるんだい？」ジェレミーは知りたがった。

ピッパはすでに本に没頭していた。「えっ？」つぶやきながらページをめくった。

「とてもおもしろい本のようだね」

「えっ？」ピッパは本に夢中になったまま、ふたたび言った。「すごい！」と一人でつぶやきながら、またページをめくった。

「二ペンスの値打ちは充分にありそうだな」ジェレミーはそう言って新聞を手にとった。本の内容が理解できないらしく、ピッパが彼に訊いた。「蜜蠟（みつろう）ロウソクと獣脂（じゅうし）ロウソクはどう違うの？」

ジェレミーはしばらく考えてから答えた。「獣脂ロウソクのほうが、品質がかなり落ちると思う。だけど、そんなの食べられないぞ。なんて変てこなレシピブックなんだ」

これがピッパに大受けで、椅子から立ち上がった。「〝それは食べられますか？〟」と、芝居がかった言い方をした。「クイズ番組のヒントみたいね」笑って本を安楽椅子に放り投げ、書棚からひと組のトランプをとった。「〝悪魔のソリティア〟のやり方、知ってる？」と訊いた。

ジェレミーはこのときすでに、新聞に夢中になっていた。返事は「うむ……」だけだった。

ピッパは彼の注意を惹こうと、もう一度訊いてみた。「ふたりでできるトランプなんて、やる気ないよね？」

「ない」ジェレミーはきっぱり答えた。新聞をベンチに置き、机の前にすわって封筒に宛名を書きはじめた。

「やっぱりね。たぶんそうだと思った」ピッパは残念そうにつぶやいた。部屋の真ん中で床に膝をついてトランプのカードを並べ、〝悪魔のソリティア〟を始めた。「たまにお天気の日もあればいいのに」とぼやいた。「田舎にいても、雨だとつまんない」

ジェレミーはピッパのほうへ目を向けた。「田舎で暮らすのは好きかい、ピッパ？」

「けっこう好き」ピッパは熱っぽく答えた。「ロンドンで暮らすよりずっといい。ここは魔法の家なんだから。テニスコートとか、いろいろそろってるでしょ。隠し部屋まであるし」

「隠し部屋って？」ジェレミーは笑顔で訊いた。「この家のなかに？」

「うん、あるんだ」

「信じられないな。昔だったらいざ知らず」

「まあ、あたしが勝手に隠し部屋って呼んでるんだけどね。ほら、見せてあげる」

ピッパは書棚の右側へ行って本を二冊とりだし、その奥の壁面にある小さなレバーを下げた。すると、書棚の右側の壁の一部が開いた。これが隠し扉だったのだ。扉の向こうがちょっとしたスペースになっていて、その奥にも隠し扉があった。

「本物の隠し部屋じゃないことはわかってるけどね、もちろん」ピッパは認めた。「でも、秘密の通路になってるのはたしかだよ。奥の扉が書斎に通じてるの」

「へえ、ほんとに？」ジェレミーはそう言うと調べにいった。スペースの奥の扉を開いて書斎をのぞき、それから扉を閉めて部屋に戻った。「なるほど」

「でも、秘密だからね。知らなかったら、そこに隠し部屋があるなんてぜったいわかんないでしょ」ピッパはそう言いながらレバーを上げて壁のパネルを閉めた。「あたし、いつも使ってるんだ」話を続けた。「死体を隠すのにちょうどいい場所だよね。そう思わない？」

ジェレミーは微笑した。「そのために造られたようなものだ」

ピッパが床の上でふたたびソリティアを始めたところに、クラリッサが入ってきた。ジェレミーは顔を上げた。「たくましきアマゾネスがあなたを捜してますよ」と報告した。

「ミス・ピークのこと？　やれやれ、うんざりだわ」クラリッサは声高に言いながら、テーブルにのっていたパンをとってひと口かじった。

ピッパがあわてて起き上がった。「だめ、あたしの！」と文句を言った。

「ケチね」クラリッサはつぶやきながら、パンの残りをピッパに渡した。ピッパはそれをテーブルに置いてソリティアに戻った。

「あの人はまず、〝ちょっと〟とぼくを呼び止めたんです。車でも止めるような調子で」ジェレミーはクラリッサに言った。「次に、この机を乱暴に扱ったと言って、ぼくを叱りつけました」

「ロうるさくて迷惑よね」クラリッサも同意し、ソファの端にもたれて、ピッパが並べたカードを見下ろした。「でも、わたしたちはこの家を借りてるだけで、あの人は家についてくる家具みたいなものでしょ。だから――」急に言葉を切って「黒の10を赤のジャックの上に置くといいわ」とピッパに言い、それから話に戻った。「――あの人を雇っておくしかないの。どっちにしても、庭仕事はとってもよくやってくれるし」

「たしかにね」ジェレミーはうなずきながら、クラリッサに腕をまわした。「けさ、ぼくの寝室の窓からあの人の姿が見えました。何か作業をしている音が聞こえたので、窓から顔を出したら、あのアマゾネスが庭にいて、やけに大きな墓穴みたいなものを掘ってましたよ」

「深い溝を掘ってるの」クラリッサは説明した。「キャベツか何かを植えるつもりだと思うわ」

ジェレミーは身をかがめて、床に並んだカードを見下ろした。「赤の3を黒の4の上に置こう」とピッパに助言したところ、ムッとした視線を返された。

ローランド卿が書斎からヒューゴと一緒に出てきて、ジェレミーに含みのある視線を向けた。ジェレミーは如才(じょさい)なく腕を下ろしてクラリッサから離れた。

「やっと雨が上がったようだ」ローランド卿は言った。「だが、ゴルフにはもう遅い。暗くなるまで二十分ほどしか残っていない」ピッパのカード遊びを見下ろして片足で指し示した。「いいかい、そのカードをそこへ」と言った。フレンチドアのほうへ行ったため、ピッパが投げつけた険悪な視線には気づかなかった。「さて」庭を見渡しながら、ローランド卿は言った。「ゴルフ場のクラブハウスで食事をするなら、そろそろ出かけたほうがよさそうだ」

「コートをとってくるよ」ヒューゴはそう言うと、ピッパのそばを通りかかったついでに、少女に覆いかぶさるようにして一枚のカードを指し示した。完全に頭に来ていたピッパが身をかがめ、自分の身体でカードを隠すあいだに、ヒューゴはジェレミーのほうへ向きなおって言った。「きみはどうする？　一緒に来るかい？」

「ええ」ジェレミーは答えた。「上着をとってきます」彼とヒューゴは一緒に廊下へ出ていった。ドアは開け放したままだった。

「今夜のお食事、クラブハウスでほんとにかまわないの？」クラリッサがローランド卿に訊いた。

「かまわないとも」ローランド卿は彼女を安心させた。「とても分別あるやり方だ。使用人たちが夜間に外出する日だからね」

ヘイルシャム＝ブラウン家に仕える中年の執事、エルジンが廊下から部屋に入ってきて、ピッパのところへ行った。「お嬢さま、お勉強部屋にお食事のご用意ができております。ミルクと、果物と、お気に入りのビスケットがございますよ」

「わあ、やった！」ピッパは叫び、勢いよく立ち上がった。「おなかがペコペコだったの」

廊下へ出るドアのほうへ飛んでいこうとしたが、クラリッサに止められ、その前にカードを拾い集めて片づけるよう厳しく言われた。

「もうっ、めんどくさい」ピッパは叫んだ。並べたカードのところに戻って膝をつき、のろのろと拾い集めてソファの片端に積み重ねはじめた。

エルジンが今度はクラリッサに声をかけた。「あのう、奥さま」小声で恭しく言った。

「ええ、エルジン、どうしたの？」

執事は居心地が悪そうだった。「じつは、ちょっと――そのう――不愉快なことがございまして。野菜のことで」

「あら。ミス・ピークと？」

「さようでございます、奥さま」執事は話を続けた。「うちの家内はミス・ピークがひどく苦手なんです。しじゅう台所に入ってきて、粗探しをしたり、口を出したりするものですから、家内は迷惑がっております。まったくもって迷惑でしてね。わたくしども夫婦はどちらのお屋敷へまいりましても、お庭との関係はとてもうまくいっていたのですが」

「まあ、ほんとにごめんなさい」微笑を消して、クラリッサは答えた。「わたしのほうで――あのう――何かやってみるわ。ミス・ピークと話をするとか」

「恐れ入ります、奥さま」エルジンはお辞儀をして部屋を出ると、背後のドアを閉めた。

「なんて面倒なのかしら、使用人というのは」クラリッサはローランド卿に言った。

「それに、ずいぶん変わった言い方をするのね。〃お庭との関係はとてもうまくいっていた〃だなんて。変よ。ふつう、そんな言い方はしないでしょ」

「だが、あの夫婦――エルジン夫婦――を雇うことができて、おまえは運がいい」ローランド卿はクラリッサに言って聞かせた。「どこで見つけたんだね？」

「地元の職業紹介所よ」クラリッサは答えた。

ローランド卿は眉をひそめた。「よこしまな人材を送りこんでくる職業紹介所だったりしなければいいのだが」

「よこじま？」カードの片付けを続けていた床から顔を上げて、ピッパが訊いた。

「いや、違う。〃よこしま〃だ」ローランド卿はもう一度言った。「覚えてるかね？」今度はクラリッサに向かって続けた。「イタリアかスペイン系の名前がついていたあの職業紹介所を――面接のため、次々と人を紹介してよこしたが、大部分が不法移民だっただろう？　アンディ・ヒュームなど、奥さんと相談して雇った夫婦に文無しにされたようなものだ。アンディの馬匹(ばひつ)運搬車を使って家財道具の半分を運びだしたんだからな。しかも、いまだにつかまっていない」

「ええ、そうよね」クラリッサは笑った。「よく覚えてるわ。ねえ、ピッパ、早くなさい」少女に命じた。

ピッパはトランプのカードを拾い集めて立ち上がった。「あーあ」カードを書棚に戻しながら、不機嫌に大声でぼやいた。「片付けなんかしなくてすむならいいのに」廊下のドアのほうへ行こうとしたが、クラリッサに止められた。クラリッサはテーブルにのっていたパンの残りをとって、「ほら、パンを持ってらっしゃい」と言い、ピッパに渡した。

ピッパはあらためて出ていこうとした。「ついでにカバンもね」クラリッサは続けた。

ピッパは安楽椅子まで走ると、カバンをつかみ、ふたたび廊下のドアのほうを向いた。

「帽子も！」クラリッサが叫んだ。

ピッパはパンをテーブルに置き、帽子をとって廊下のドアのほうへ走った。

「待って！」クラリッサはふたたびピッパを呼び止めると、パンをとってピッパの口に押しこみ、帽子をとって少女の頭にかぶせてから、廊下へ押しだした。「それから、ドアは閉めていくのよ、ピッパ」うしろから声をかけた。

ピッパはようやく部屋を出て背後のドアを閉めた。ローランド卿が笑いだし、クラリッサも笑いに加わり、テーブルに置いてある箱から煙草を一本とった。外では日の光が薄れはじめ、室内も少し暗くなってきた。

「ふむ、すごいものだ！」ローランド卿は感嘆の声を上げた。「いまのピッパはまるで別の子だ。おまえのお手柄だな、クラリッサ」

クラリッサはソファに身を沈めた。「わたしにとてもなついてるし、信頼してくれてると思うわ。それに、わたしも継母という立場を心から楽しんでるの」

ローランド卿はソファの横の小さなテーブルからライターをとると、クラリッサの煙草に火をつけてやった。「なるほど。ピッパはたしかに、ふつうの幸せな子に戻ったように見える」

クラリッサは同意のしるしにうなずいた。「田舎で暮らすことにしたのがよかったんだわ。それに、とてもいい学校に入って、お友達もたくさんできた。ええ、幸せそうだし、おっしゃるとおり、ふつうの子に戻ったのよ」

ローランド卿はむずかしい顔になった。「衝撃だった」と声を高めた。「子供があんな状態になってしまうのを見るなんて。ミランダを絞め殺してやりたいよ。とんでもなくひどい親だ」

「そうね」クラリッサは同意した。「ピッパは母親のことをすごく怖がってた」

ローランド卿がクラリッサと並んでソファに腰かけた。「まったくひどい話だ」とつぶやいた。

クラリッサはこぶしを固めて怒りを示した。「ミランダのことを考えるたびに、腹が立ってならないの。ヘンリーを苦しめ、あの子にあんな思いをさせるなんて。どうしてそんなひどいことができるのか、いまだに理解できない」

「麻薬に溺れるのは恐ろしいことだ」ローランド卿は話を続けた。「人間がすっかり変わってしまう」

二人はしばらく無言ですわっていたが、やがて、クラリッサが尋ねた。「そもそも、ミランダは何がきっかけで麻薬に手を出したりしたのかしら」

「ミランダがつきあってた、オリヴァー・コステロという悪党のせいだ」ローランド卿は断言した。「あの男、麻薬商売に関わってるに違いない」

「ほんとにいやなやつ」クラリッサはうなずいた。「まさに悪魔だって、わたしはいつも思ってるの」

「ミランダはあいつと結婚したんだったな？」

「ええ、ひと月ほど前に」

ローランド卿は首を横にふった。「まあ、ヘンリーもミランダと別れて正解だった。いいやつだからな、ヘンリーは」強い口調でくりかえした。「本当にいいやつだ」

クラリッサは笑みを浮かべ、穏やかな声で小さく言った。「わたしにわざわざ言う必要があるとお思い？」

「口数の多い男ではない」ローランド卿はさらに続けた。「いわゆる〝感情を表に出さないタイプ〟だな——しかし、心から信頼できる人間だ」いったん言葉を切り、それからつけくわえた。「ところで、あのジェレミーという青年だが。やつのことはどの程度知っている？」

クラリッサはふたたび微笑した。「ジェレミー？　とっても楽しい人よ」と答えた。

「フン！」ローランド卿は鼻を鳴らした。「最近は、みんな、それぱかり気にするようだな」クラリッサに真剣な目を向けて続けた。「おまえ——おまえはバカなことをするんじゃないぞ。いいな？」

クラリッサは笑いだした。「ジェレミー・ウォレンダーなんかに惚れてはいかん」ローランド卿にそう返事をした。「そうおっしゃりたいのね？」

ローランド卿はいまも彼女に真剣な目を向けていた。「そう、まさにそう言っているのだ。あの男がおまえにそうとう好意を持っているのは明らかだ。手を出さずにはいられないように見える。だが、おまえはヘンリーととても幸せな結婚生活を送っている。それを危機にさらすようなまねはしてほしくない」

クラリッサは愛情のこもった笑みをローランド卿に向けた。「わたしがそんな愚かなことをするなんて、本気で思ってらっしゃるの？」いたずらっぽく尋ねた。

「そうなったら、たしかに愚かきわまりないだろう」ローランド卿は助言した。しばらく黙りこみ、さらに続けた。「なあ、可愛いクラリッサ、わたしはおまえの成長を見守ってきた。おまえはとても大切な子だ。何か困ったことがあったら、この年老いた後見人のところに来るんだぞ。いいな？」

「もちろんよ、ローリーおじさま」クラリッサは答えて、彼の頰にキスをした。「それから、ジェレミーのことはご心配には及びません。ほんとよ。とても愛想がよくて、魅力的な人だってことはわかってる。でも、おじさまもご存じのように、わたしはふざけてるだけ。楽しんでるの。真剣な気持ちなんてどこにもないわ」

ローランド卿がふたたび何か言おうとしたとき、突然、フレンチドアのところにミス・ピークが姿を見せた。

第四章

ミス・ピークはすでにゴム長を脱ぎ、靴下一枚だけになっていて、ブロッコリーの房を手にしていた。

「いきなり入ってきたけど、気にしないでね、奥さん」大声を響かせながら、つかつかとソファのほうへ行った。「部屋を汚しちゃ悪いと思って、ゴム長は外に置いてきた。このブロッコリーをちょっと見てほしくて」ソファの背もたれ越しにブロッコリーを勢いよく差しだし、クラリッサの鼻先に突きつけた。

「まあ――あの――とてもおいしそうね」クラリッサは返事をしようとしたが、それしか思い浮かばなかった。

ミス・ピークはブロッコリーをローランド卿に押しつけた。「よく見て」と命じた。

ローランド卿は言われたとおりにして、感想を述べた。「どこも悪いところはないようだが」と言った。しかし、もっとよく調べるためにミス・ピークからブロッコリーを受けとった。

「もちろん、悪いとこなんかありゃしません」ミス・ピークは彼に向かってどなった。「ところが、昨日これとまったく同じのを届けに来たら、台所にいたあの女が——」ミス・ピークは黙りこみ、口調を和らげることにした。「もちろん、あたしだってお宅の使用人の悪口なんか言いたかないですよ、奥さん。言いたいことは山ほどありますけどね」話の本筋に戻って、ミス・ピークは続けた。「でも、あのエルジンって執事のかみさんが図々しくもこう言ったんです——こんな出来の悪いブロッコリーじゃ料理に使えない、って。〝菜園でこの程度のものしか作れないのなら、商売替えしたほうがいいわね〟なんて言うんです。頭に来て、殺してやろうかと思いました」

クラリッサが何か言おうとしたが、ミス・ピークは強引に話を続けた。「あたしに面倒を起こす気なんぞないことぐらい、わかってもらえますよね」と主張した。「けど、台所に入ってってあんなひどいこと言われるのはごめんです。今度から野菜は勝手口の外に置いてくことにするから、エルジンのかみさんのほうはリストを置いといてくれればいい」

ここでローランド卿がブロッコリーを返そうとしたが、ミス・ピークはそれを無視してさらに続けた。「ほしいものをリストにして置いといてもらいます」断固たる勢いでうなずいた。

クラリッサもローランド卿もどう返事をすればいいのか、ひとことも思いつけなかったが、ミス・ピークが口を開いてふたたび話をしようとしたとき、電話が鳴りだした。

「あたしが出ます」ミス・ピークは大声で言った。電話のところへ行って受話器をとった。「もしもし――はい」送話口に向かってがなり、作業着の端でテーブルの上を拭きながら言った。「コップルストーン邸ですけど――ブラウン夫人――はい、いますよ」

ミス・ピークが受話器を差しだしたので、クラリッサは煙草を揉み消し、電話のところへ行って受話器を受けとった。

「もしもし」と言った。「こちら、ヘイルシャム＝ブラウン夫人です――もしもし――もしもし」ミス・ピークのほうを見た。「変ねえ。切れてしまったみたい」

クラリッサが受話器を置くあいだに、ミス・ピークが急にコンソールテーブルに駆け寄り、壁ぎわに押し戻そうとした。「すいませんね」声を轟かせた。「けど、セロンさんはいつだって、テーブルをこうやって壁にぴったりつけとくのが好きだったもんで」

クラリッサはローランド卿のほうへこっそり渋い顔を向けつつも、テーブルを動かすミス・ピークにあわてて手を貸した。「あ、どうも」ミス・ピークは言った。「それから、テーブルにグラスの跡をつけないように注意してくださいよ。いいですね、ブラウン＝ヘイルシャム夫人」クラリッサが心配そうにテーブルを見ているあいだに、ミス・ピークが自分で訂正した。「あら、いけない――ヘイルシャム＝ブラウンって言うつもりだったのに」心からおかしそうに笑った。「ま、いいか。ブラウン＝ヘイルシャムでも、ヘイルシャム＝ブラウンでも。似たようなもんですよね？」

「いや、それは違う、ミス・ピーク」ローランド卿がきっぱりした口調で断言した。「例えば、マロニエ（ホース・チェスナット）は木だが栗毛（チェスナット・ホース）の馬は馬ですぞ」

こう言われてミス・ピークが爆笑していると、ヒューゴが部屋に入ってきた。「あら、いらっしゃい」ミス・ピークは挨拶した。「あたし、今日もまた叱られてたとこなんです。嫌みたっぷりにね」ヒューゴに近づいて彼の背中をどんと叩き、次にほかの面々のほうを向いた。「それじゃ、みなさん、失礼しますよ」と大声で言った。「そろそろ帰らなきゃ。ブロッコリーを返してください」

ローランド卿がブロッコリーを手渡した。「マロニエ（ホース・チェスナット）と栗毛（チェスナット・ホース）の馬」ミス・ピークは大声で言った。「上出来だ。覚えとかなきゃ」ふたたび騒々しい笑い声を上げてフレンチドアから出ていった。

ヒューゴは立ち去る彼女を見つめ、それからクラリッサとローランド卿のほうを向いた。「ヘンリーもよくまあ、あの女に我慢しているものだ」とつぶやいた。

「本当は我慢がならないと思ってるのよ」クラリッサは答えた。安楽椅子にのっていたピッパの本をとり、テーブルに置いてから椅子にすわりこむと、そのあいだにヒューゴが言った。「そうだろうな。まったく癪（しゃく）にさわる女だ！　女学生みたいにやたらと元気だし」

「ひょっとすると、どこか変なんじゃないかね」ローランド卿が首をふりながらつけくわえた。

クラリッサは微笑した。「たしかに、あの人にはいらいらさせられるわ。でも、庭仕事の腕は最高だし、わたしがみんなに言っているように、この家の付属品みたいな人なの。家賃は驚くほど安いし――」

「安い？　本当に？」ヒューゴが彼女の話をさえぎった。「そりゃ意外だ」

「格安なのよ。広告に出てたの。二カ月ほど前にヘンリーと二人で見に来て、その場で借りることにしたわ。家具付きで半年の契約」

「屋敷の持ち主は誰なんだね？」ローランド卿が訊いた。

「セロンさんとかいう人よ」クラリッサは答えた。「でも、亡くなったの。メイドストーンで骨董店をなさってた人」

「あ、それか！」ヒューゴが叫んだ。「なるほど。〈セロン＆ブラウン〉という店だ。

メイドストーンのその店で、わたしも前に一度、チッペンデール様式の鏡を買ったことがある。セロンはこっちの田舎に住み、毎日メイドストーンへ通っていたが、ときにはここに客を呼んで、屋敷に置いてある品々を見せていたようだ」

「じつは」クラリッサは二人に言った。「この家にはひとつふたつ、おかしな点があるのよ。昨日だって、派手なチェックの背広を着た男性がスポーツカーでやってきて、あの机を売ってほしいと言ったの」クラリッサは机を指さした。「うちのものではないのでお売りできませんって答えたんだけど、向こうは信じようとしなくて、値段をどんどん吊り上げていくのよ。最後は五百ポンドまで行ったわ」

「五百ポンドだと！」ローランド卿は叫んだ。心底驚いている声だった。机のところへ行った。「そんなバカな！　アンティーク・フェアに行ったって、そこまでの値がつくなんて思いもしないだろう。けっこういい品ではあるが、とくに価値のあるものではない」

ヒューゴが机まで行ってローランド卿のそばに立ったとき、ピッパが部屋に戻ってきた。「まだおなかがペコペコ」と訴えた。

「そんなわけないでしょ」クラリッサがきっぱりと言った。

「ペコペコなんだもん」ピッパは譲らなかった。「ミルクとチョコビスケットとバナナだけじゃ、おなかいっぱいにはならないよ」肘掛椅子のほうへ行き、ドサッとすわりこんだ。

ローランド卿とヒューゴはいまも机を見つめていた。「たしかにすばらしい机だ」ローランド卿が言った。「いい物に違いない。しかし、収集家向けの逸品ではなさそうだ。そう思わないかね、ヒューゴ？」

「ああ。だが、もしかしたら秘密の引出しがあって、ダイヤのネックレスが入っているかもしれん」ヒューゴは冗談っぽく言った。

「秘密の引出しなら、ほんとにあるよ」ピッパが話に割りこんだ。

「なんですって？」クラリッサは声を高くした。

「あたしね、古本屋で本を見つけたの。古い家具についてる秘密の引出しのことが詳しく書いてあった」ピッパは説明した。「だから、家じゅうの机や家具を調べてみたの。でも、秘密の引出しがあったのはその机だけ」ピッパは肘掛椅子から立ち上がった。

「ほら」みんなを手招きした。「見せたげる」

机まで行って、仕切り棚のひとつを開いた。クラリッサがやってきて、ソファにもたれて見守るあいだに、ピッパは仕切り棚のなかへ片手をすべらせた。「ほらね」と言った。「これをひきだすと、下に小さな留め金みたいなのがあるのよ」

「ふん！」ヒューゴが文句をつけた。「わたしなら、そんなものを秘密とは呼ばないだろう」

「ううん、それだけじゃないよ」ピッパはさらに続けた。「下にあるこれを押すと――小さな引出しが飛びだすんだから」ふたたび実演してみせると、机から小さな引出しが勢いよく出てきた。「ほらね？」

ヒューゴは引出しを受けとり、そこに入っていた紙片をとりだした。「おやおや、なんて書いてあるのかな？」読み上げた。「ざまあみろ」

「なんだと？」ローランド卿が叫んだので、ピッパは笑いころげた。あとの者たちも釣られて笑いだし、ローランド卿がふざけ半分にピッパの身体を揺すぶると、ピッパはお返しに殴りかかるふりをしながら、得意そうに言った。「あたしが入れたの！」

「この悪ガキめ！」ローランド卿はそう言ってピッパの髪をくしゃくしゃっとした。「こんなバカないたずらばかりしてたら、クラリッサに負けない悪党になってしまうぞ」

「ほんとはね」ピッパはみんなに言った。「封筒が置いてあったの。なかにヴィクトリア女王のサインが入ってた。いま見せてあげる」ピッパは書棚のほうへ飛んでいき、クラリッサはそのあいだに机まで行って、引出しを元に戻し、仕切り棚を閉じた。

書棚まで行くと、ピッパは下の段に置かれた小箱を開いて、紙片が三枚入った古い封筒をとりだし、集まった人々に見せた。

「サインを集めてるのかい、ピッパ？」ローランド卿が訊いた。

「そういうわけじゃないけど」ピッパは答えた。「趣味みたいなものかな」紙片の一枚をヒューゴに渡すと、ヒューゴはちらっと見てからローランド卿にまわした。

「あたしのクラスに切手を集めてる女の子がいて、その子のお兄さんもものすごくたくさん集めてるの。そのお兄さん、去年の秋に、新聞で見たのと同じ切手が手に入ったと思って――スウェーデンかどっかの切手で、何百ポンドもの値段がつくらしいんだけど」ピッパは話をしながら、あと二種類のサインと封筒をヒューゴに渡し、ヒューゴはそれをローランド卿にまわした。

「お兄さんは大興奮で、その切手を切手屋さんへ持ってったの。でも、お兄さんが思ってた切手とは違うって切手屋さんに言われたんだって。すごくいい切手ではあるけどね。とにかく、五ポンドで買ってくれたの」

ローランド卿が二種類のサインをヒューゴに返し、ヒューゴはそれをピッパに渡した。

「五ポンドでもかなりの額だよ。そうでしょ？」ピッパがヒューゴに訊くと、ヒューゴはしぶしぶ同意した。

ピッパはサインを見下ろした。「ヴィクトリア女王のサインだったら、いくらになるかなあ」とつぶやいた。

「五シリングから十シリングといったところかな」ローランド卿は手にしたままの封筒を見ながら、ピッパに言った。

「ここにジョン・ラスキンのサインもあるよ。それから、ロバート・ブラウニングのも」ピッパはみんなに言った。

「気の毒だが、そっちもたいした値打ちはないと思う」ローランド卿はそう言って、あとのサインと封筒をヒューゴに渡し、ヒューゴはそれをピッパに返しながら、同情をこめてつぶやいた。「あいにくだったね。金儲けは無理なようだよ」

「ネヴィル・デュークみたいなエースパイロットとか、ロジャー・バニスターみたいなスポーツ選手のサインがあればいいのに」ピッパは残念そうにつぶやいた。「こういう歴史上の人物のって、なんかかび臭い感じだよね」封筒とサインを小箱に戻し、その小箱を書棚に置いてから、廊下のドアのほうへ戻ろうとした。「戸棚にチョコビスケットが残ってないか、見てきてもいい、クラリッサ？」期待をこめて尋ねた。

「いいわよ。そうしたいのなら」クラリッサは笑顔でピッパに言った。

「われわれも出かけなくては」ヒューゴはそう言うと、ピッパに続いてドアのほうへ行き、階段の上に向かって呼びかけた。「ジェレミー！　さあ、ジェレミー！」

「いま行きます」ジェレミーが大声で答え、ゴルフクラブを手にして急いで階段を下りてきた。

「ヘンリーももうじき帰ってくるはずよ」クラリッサはもごもご言った。ほかの者だけでなく、自分にも言い聞かせている感じだった。

ヒューゴがフレンチドアのほうへ行き、ジェレミーに声をかけた。「こっちから出たほうがいい。そのほうが近いからね」クラリッサに視線を戻した。「おやすみ、クラリッサ。おもてなしに感謝する。わたしはクラブからそのまま帰宅するつもりだが、週末のお客さんたちを無事にここへ帰すことは約束しよう」

「おやすみなさい、クラリッサ」ジェレミーも挨拶をし、ヒューゴを追って庭に出ていった。

クラリッサが「行ってらっしゃい」と二人に手をふっていると、ローランド卿がやってきて彼女に片腕をまわした。「では、おやすみ。ウォレンダーとわたしは、帰りがたぶん真夜中過ぎになるだろう」

クラリッサはフレンチドアまで一緒に行った。「ほんとに気持ちのいい夕方ね。ゴルフコースとの境の門までお送りするわ」

二人で庭に出ると、ヒューゴとジェレミーに追いつこうともせずに、のんびりと庭を横切った。「ヘンリーは何時ごろ帰ってくるんだね？」ローランド卿は尋ねた。

「さあ、何時になるかしら。日によって違うの。たぶん、もうじきだと思うけど。とにかく、二人で静かな夜を過ごして、お夕食は残り物ですませるつもりよ。おじさまとジェレミーがお戻りのころには、わたしたち、たぶんベッドに入ってるわ」

「そうだね、起きて待ってるなんてことは、頼むからやめてくれ」

二人は心地よい沈黙のなかで歩きつづけ、やがて、庭の門までやってきた。「じゃ、行ってらっしゃい、おじさま。またあとで。いえ、たぶん、明日の朝食の席で」クラリッサは言った。

ローランド卿はクラリッサの頬に愛情をこめて軽くキスをすると、仲間に追いつくためにきびきびした足どりで歩いていき、いっぽう、クラリッサは家に戻ることにした。気持ちのいい夕方で、のんびりと歩きながら、ときおり立ち止まって庭の景色と香りを楽しんだり、物思いに耽ったりした。ブロッコリーを手にしたミス・ピークの姿が心に浮かんだときには笑いだし、次に、ジェレミーのことと、不器用に彼女を口説こうとした様子を思いだしたときには、思わず笑みがこぼれた。本気だったのかしらとぼんやり考えた。家が近くなるにつれて、夫と自宅で静かに過ごす夜が楽しみになってきた。

第五章

クラリッサとローランド卿が出ていって数分もしないうちに、執事のエルジンが廊下から部屋に入ってきた。飲みもののトレイを持っていて、それをテーブルに置いた。玄関の呼鈴が鳴ったので応対に出た。ドアの外に、俳優かと見紛(みまご)うほどハンサムな黒髪の男性が立っていた。

「いらっしゃいませ」エルジンは挨拶をした。

「やあ。ブラウン夫人に用があって来たんだが」いささかぶっきらぼうな口調で、男性は言った。

「さようでございますか。どうぞお入りください」エルジンは男性の背後のドアを閉めて尋ねた。「お名前を伺(うかが)ってもよろしいでしょうか?」

「コステロという者だ」

「どうぞこちらへ」エルジンは客の先に立って廊下を進んだ。客間まで来ると、男性を部屋に通すために自分は脇へどき、それから言った。「こちらでお待ちくださいますか？　奥さまはご在宅ですが、お捜ししてまいります」出ていきかけて足を止め、客のほうに向きなおった。「コステロさまでいらっしゃいますね？」

「そうだ」客は答えた。「オリヴァー・コステロ」

「かしこまりました」エルジンは小声で応じると部屋を出て、背後のドアを閉めた。

一人になったオリヴァー・コステロは室内を見まわし、部屋を横切って、まず書斎のドアのところで、次に廊下のドアのところで聞き耳を立ててから、机に近づき、かがみこんで複数の引出しをしげしげと見た。物音がしたのであわてて机から離れ、部屋の中央に戻ると、クラリッサがフレンチドアから入ってきた。

コステロはそちらを向いた。相手が誰だかわかって、意外そうな顔になった。

最初に口を開いたのはクラリッサだった。ひどく驚いた声で、あえぎながら言った。

「あなたなの？」

「クラリッサ！　ここで何をしている？」コステロが叫んだ。クラリッサに劣らず驚いている様子だった。

「ずいぶんバカなことをお訊きになるのね」クラリッサは答えた。「ここはわたしの家ですけど」

「あんたの家？」信じられないと言いたげな声だった。

「知らないふりはやめてよね」クラリッサは尖った声で言った。

コステロはしばらく無言で彼女を見つめた。それから、態度をがらっと変えて言った。

「豪勢な住まいじゃないか。前はたしか、骨董商の老人が——名前は覚えてないが——住んでいた。そうだろう？　前に一度、老人にここまで連れてこられた覚えがある。ルイ十五世時代の椅子を見せるとか言って」コステロはポケットからシガレットケースを出した。「煙草は？」と勧めた。

「いえ、けっこうよ」クラリッサはぶっきらぼうに答えた。「さっさと退散なさったほうがいいわ。夫がもうじき帰ってくるの。あなたに会って大喜びするとは思えない」

コステロは傲慢な喜びの表情を返した。「だが、おれはあんたの夫に会いたくてたまらんのだ。そのためにわざわざ来たんだぞ。然るべき取決めについて相談するつもりで」

「取決め？」クラリッサは尋ねた。困惑の口調だった。

「ピッパのことだよ」コステロは説明した。「ピッパが夏休みの何日かと、クリスマス休暇のうち一週間をヘンリーのもとで過ごすことには、ミランダも大いに賛成している。しかし、それ以外は——」

クラリッサはコステロの言葉を鋭くさえぎった。「どういう意味？　ピッパの家はここよ」

コステロは飲みものが置かれたテーブルのほうへさりげなく近づいた。「しかしな、クラリッサ、裁判所が子供の親権ってやつをミランダに与えたことは、あんただって知ってるだろ？」ウィスキーのボトルを手にとった。「これ、いいかい？」と訊いて、返事も待たずに勝手に一杯注いだ。「ヘンリーは自分の側の弁護士をつけようとしなかった。覚えてるね？」

クラリッサは喧嘩腰でコステロと向き合った。「ヘンリーがミランダの離婚訴訟に応じたのは」と、明瞭な声で簡潔に述べた。「ピッパは父親のもとで暮らすという暗黙の了解がミランダとのあいだにあったからよ。ミランダがそれに反対すれば、ヘンリーのほうから離婚訴訟を起こしてたでしょうね」

コステロは嘲りに近い笑い声を上げた。「あんた、ミランダのことがよくわかってないようだな。しょっちゅう気の変わるやつだぞ」

クラリッサは彼に背中を向けた。「ミランダがあの子をほしがってるとか、気にかけてるなんて、わたしはほんの一瞬だって信じません」軽蔑に満ちた声で言った。

「だが、あんたは母親じゃないんだ、クラリッサさんよ」というのがコステロの無礼な返事だった。「クラリッサと呼んでもかまわんだろ？」ふたたび不愉快な笑みを浮かべて、コステロは言った。「なんたって、いまじゃおれがミランダの夫だ。おれたちゃ、いわば親戚みたいなもんだ」

コステロはウィスキーをいっきに呷ってグラスを置いた。「いいか、言っとくがな、ミランダは目下、母性愛のかたまりになってんだ。一年の大半をピッパと過ごさなきゃと思ってる」

「信じるもんですか」クラリッサはぴしっと言った。

「好きにすればいい」コステロは肘掛椅子に勝手にすわった。「だが、異議を唱えたところで無駄だ。そもそも、ピッパをどうするかを書面にしたものなんてないんだし」

「ピッパは渡しません」クラリッサはきっぱりと言った。「うちに来たとき、あの子はノイローゼ状態でぼろぼろだった。いまはすっかり元気になって、学校でも楽しくやっている。今後もずっとこのままでいてほしいわ」

「できるわけねえだろ」コステロはあざ笑った。「法律はおれたちの味方だぜ」

「何か企んでるのね？」困惑の声でクラリッサは問いただした。「ピッパを可愛いなんて思ってもいないくせに。本当は何がほしいの？」いったん言葉を切り、それから自分の額を叩いた。「そうか！　わたしったらなんてバカなの。なるほど、ゆすりなのね」

コステロが返事をしようとしたとき、エルジンが姿を見せた。「お捜ししておりました、奥さま」クラリッサに言った。「家内と二人でそろそろ出かけようと思いますが、よろしいでしょうか？」

「ええ、かまわないわ、エルジン」クラリッサは答えた。

「迎えのタクシーがもう来ておりますので」執事は説明した。「お夕食はダイニングルームにご用意してあります」出ていこうとしたが、そこでクラリッサのほうに向きなおった。「戸締りをしておきましょうか、奥さま」コステロをじっと見ながら尋ねた。

「ううん、わたしがやるから大丈夫よ」クラリッサは彼を安心させた。「ご夫婦で夜の外出を楽しんでらっしゃい」

「ありがとうございます、奥さま」エルジンは言った。廊下のドアのところでふり向いて、「行ってまいります」と言った。

「行ってらっしゃい、エルジン」クラリッサは答えた。

コステロは執事が背後のドアを閉めるまで待ってから、ふたたび口を開いた。「ゆすりとはまた、なんともひどい言い方だな、クラリッサ」いささか陳腐な文句をつけた。「人に理不尽な非難をぶつける前に、もうちょっと考えたほうがいいぞ。そもそも、おれがいつ金のことを口にした？」

「いえ、まだ」クラリッサは答えた。「でも、結局はお金が目当てなんでしょ？」

コステロは肩をすくめ、両手を差しだす意味深長なしぐさを見せた。「うちの暮らしがあんまり楽じゃないのは事実だ」と認めた。「あんたも知ってるように、ミランダは昔から金遣いの荒い女だった。ヘンリーにねだれば、また離婚手当がふんだくれると思ってるようだ。なんたってヘンリーは金持ちだからな」

クラリッサはコステロに近づき、真正面から向き合った。「よく聞いて。ヘンリーがどう思ってるかは知らないけど、わたし自身の気持ちははっきりしてるわ。あなたがピッパを連れ去ろうとしたら、徹底的に戦いますからね」言葉を切り、さらにつけくわえた。「どんな武器だって使うつもりよ」

クラリッサの激怒などどこ吹く風で、コステロはクスッと笑ったが、クラリッサはさらに続けた。「ミランダが麻薬に溺れてることを示す医学的証拠を手に入れるのは、そうむずかしくないはずよ。ロンドン警視庁へ行って、麻薬捜査班の人たちに相談してみようかしら。あなたにも目を光らせるよう、わたしから言っておくわ」

こう言われて、コステロはギクッとした様子だった。「堅物のヘンリーはあんたのやり方がお気に召さんだろうな」クラリッサを脅した。

「だったら、ヘンリーには我慢してもらうしかないわ」クラリッサは荒々しく言い返した。「大事なのはあの子ですもの。ピッパがいじめられたり、怖い思いをさせられたりするのを黙って見ているつもりは、わたしにはありません」コステロを見て急に足を止め、怯えた表情になった。

「やあ、元気か、ピッパ」コステロが声をかけた。「ずいぶん大きくなったな」

コステロがピッパに近づこうとすると、ピッパはあとずさった。「おまえのことでちょっと相談があって来たんだ。おまえとまた一緒に暮らせるのを、ママが楽しみにしててな。いまはおれと結婚してるから――」

「行かない」ピッパはヒステリックに叫ぶと、クラリッサに駆け寄り、守ってもらおうとした。「あたしは行かないから。クラリッサ、無理に連れてくなんてできないよね？　そんなのぜったいいや――」

「心配しなくていいのよ、ピッパ」クラリッサは少女に片腕をまわし、安心させようとした。「あなたの家はここよ。お父さまもわたしもいるわ。どこへも行かなくていいのよ」

「いや、言っとくがな――」コステロが言いかけたが、クラリッサの怒りの声にさえぎられた。「いますぐ出てって」

コステロはふざけ半分でクラリッサを怖がるふりをして、両手を頭の上にかざしてあとずさった。

「いますぐよ！」クラリッサはくりかえした。コステロに近づいた。「あなたをこの家に入れるつもりはありません。わかった？」

ミス・ピークがフレンチドアのところに姿を見せた。庭仕事用の大きな熊手を持っている。「おや、奥さん、あたしね――」

「ミス・ピーク」クラリッサは彼女の言葉をさえぎった。「コステロさんをお庭の奥の裏門まで案内してくださらない？」

コステロがミス・ピークのほうを見ると、ミス・ピークは熊手をかざして視線を返した。

「ミス――ピーク？」コステロは尋ねた。

「おや、お初だね」ミス・ピークは粗野な口調で答えた。「あたしはここで庭仕事をやってる者だよ」

「あ、なるほど」コステロは言った。「おれは前に一度ここに来ている。あんたも覚えてるかもしれんが、アンティークの家具を見に来たんだ」

「ああ、そうだった」ミス・ピークは答えた。「セロンさんがいたころだね。けど、今日はセロンさんには会えないよ。亡くなったから」

「いや、セロンさんに会いにきたわけじゃない」コステロは答えた。「おれが会いに来たのは――ブラウン夫人さ」名前のところを強調した。

「おや、そう？　そうなんですか。だったら、もう会えたわけだ」ミス・ピークはコステロに言った。この客が長居しすぎて迷惑がられていることに、彼女も気づいた様子だった。

コステロはクラリッサのほうを向いた。「じゃあな、クラリッサ。また連絡する」脅すような言い方だった。

「こっちですよ」ミス・ピークはコステロを案内して、フレンチドアのほうを示した。彼に続いて外に出ながら尋ねた。「バスで帰ります？　それとも、自分の車で来たんですか？」

「厩（うまや）のそばに車を止めてきた」二人で庭を突っ切るあいだに、コステロは彼女に言った。

第六章

オリヴァー・コステロがミス・ピークと一緒に出ていったとたん、ピッパがワッと泣きだした。「あいつ、あたしをここから連れだすつもりよ」と叫び、クラリッサにしがみついて泣きじゃくった。

「いいえ、そんなことはさせない」クラリッサは少女を安心させようとしたが、ピッパは「あんなやつ、大っ嫌い。昔からずっと嫌いだった」と答えただけだった。

クラリッサは少女がいまにもヒステリーの発作を起こすのではないかと心配になり、ぴしっと「ピッパ！」と言った。

ピッパはあとずさった。「ママのとこへ帰るのはいや。だったら、死ぬ」と叫んだ。「死んだほうがずっといい。あの男を殺してやる」

「ピッパ！」クラリッサは少女をたしなめた。

ピッパはひどく逆上している様子だった。「死んでやる」と叫んだ。「手首を切って、血を流して死んでやる」

　クラリッサはピッパの肩をつかんだ。「ピッパ、落ち着きなさい」少女に命じた。「心配しなくていいのよ、大丈夫。わたしがついてるから」

「でも、あたし、ママのとこには帰りたくないし、オリヴァーなんて大っ嫌い」ピッパは絶望の叫びを上げた。「あの男はすっごくいやな、いやな、いやなやつ」

「ええ、わかってる。わかってるわ」クラリッサはピッパをなだめるようにささやいた。

「ううん、わかってない」ピッパの声がさらに絶望的になった。「前のとき、あたし、隠してたことがあったの――ここで暮らすようになったとき。どうしても話せなかった。ママがすごく意地悪とか、いつも酔っぱらってるとか、そういうことだけじゃなくて、ある晩、ママがどっかへ出かけて、家にオリヴァーとあたしだけだったとき――あの男、すごく飲んでたんだと思う――わかんないけど――でも――」ピッパは黙りこみ、一瞬、それ以上何も話せないように見えた。やがて、必死に先を続けようとし、床に視線を落として不明瞭な声で言った。「あたしに変なことしようとした」

　クラリッサは肝をつぶした。「ピッパ、どういう意味？　何が言いたいの？」

　ピッパは必死にあたりを見まわした。自分のかわりに答えてくれる者を見つけようとするかのように。「あいつが――キスしようとしたから、押しのけたら、あいつ、あたしの服をはぎとろうとした。それから――」ピッパは急に言葉を切ると、ワッと泣きだした。

「まあ、ひどすぎる」クラリッサはつぶやきながら少女を強く抱き寄せた。「もう考えないようにしようね。何もかも終わったのよ。二度とそんなことは起きない。かならずオリヴァーを懲らしめてやる。あの男は最低のけだものよ。罪を逃れようとしても、そうはいかないわ」

不意にピッパの気分が変化した。新たな思いが心に浮かんだらしく、希望のにじむ口調になった。「もしかしたら、あいつ、雷に打たれて死んじゃうかも」思ったままを口にした。

「ありそうね」クラリッサは同意した。「すごくありそう」その顔にきびしい決意が浮かんだ。「さあ、しゃきっとしなさい、ピッパ」少女に言って聞かせた。「何も心配しなくていいのよ」ポケットからハンカチをとりだした。「ほら、洟をかんで」

ピッパは言われたとおりにし、それから、クラリッサのドレスについた涙をハンカチで拭きとった。

それを見て、クラリッサはどうにか笑顔になった。「さて、二階へ行ってお風呂に入ってらっしゃい」と命じ、ピッパの身体をくるっとまわして廊下のドアのほうへ向けた。

「ちゃんと洗うのよ――首のまわりがすごく汚れてる」

ピッパはふだんの彼女に戻りつつあるようだった。「汚れてるのはいつものことでしょ」と答えてドアのほうへ行った。ところが、ドアを出ようとした瞬間、急にふりむき、クラリッサに駆け寄った。「あいつにあたしを連れていかせるなんてこと、しないよね？」と懇願した。

「させるものですか」クラリッサはきっぱりと答えた。次につけくわえた。「ええ――それぐらいなら、あいつを殺してやる。ねっ！　これで安心した？」

ピッパがうなずいたので、クラリッサはその額にキスをした。「ほらほら、さっさとしなさい」と命じた。

ピッパは継母にもう一度抱きついてから出ていった。クラリッサはしばらく立ちつくしたまま考えこみ、やがて、室内がやや暗くなってきたのに気づいて間接照明をつけた。フレンチドアのところまで行って閉め、それからソファにすわり、前方をぼんやり見つめた。考えごとに没頭している様子だった。

わずか一分か二分ほどたったとき、玄関ドアの閉まる音が聞こえたので、期待に満ちた顔を廊下のドアのほうへ向けると、次の瞬間、夫のヘンリー・ヘイルシャム＝ブラウンが入ってきた。四十歳ぐらいの端整な顔立ちの男性で、やや無表情、鼈甲縁の眼鏡をかけ、ブリーフケースを手にしている。

「ただいま」妻に声をかけながら、壁の照明をつけ、ブリーフケースを肘掛椅子にのせた。

「お帰りなさい、ヘンリー」クラリッサは答えた。「今日は大変な一日だったのよ」

「そうなのかい？」ヘンリーはクラリッサのほうにやってきて、ソファの背から身を乗りだし、彼女にキスをした。

「どこから話を始めればいいのかわからないぐらい。まず、何かお飲みになって」

「いや、いまはいい」ヘンリーは答え、フレンチドアのほうへ行ってカーテンを閉めた。

「家には誰がいる？」

その質問に少々驚きながら、クラリッサは答えた。「ピッパ以外、誰もいないわ。今日はエルジンたちが夕方から出かける日でしょ。暗黒の木曜日というわけ。夕食はハムとチョコレートムース。それから、コーヒーはすごくおいしいと思う。だって、わたしが淹れるんですもの」

これに対して、ヘンリーは問いかけるように「ほう？」と答えただけだった。

彼の様子に驚いて、クラリッサは尋ねた。「ヘンリー、何かあったの？」

「まあ、そうだね、ある意味では」

「何か悪いことでも？ミランダのこと？」

「いや、いや、悪いことなど何もない、本当だよ」ヘンリーはクラリッサを安心させた。

「むしろ、その逆だ。そうとも、正反対さ」

「ねえ、あなた」クラリッサは愛情と、ごくわずかなからかいをこめて話しかけた。「いかにも外務省の職員らしいその無表情な外見の奥に、人間っぽい興奮が見てとれるような気がするんだけど？」

ヘンリーは期待に満ちたうれしそうな顔になった。「じつは」正直に認めた。「ある意味けっこう興奮している」言葉を切り、それからつけくわえた。「たまたま、ロンドンに軽い霧がかかっていてね」

「それが興奮の理由なの？」

「いやいや、もちろん霧ではない」

「じゃ、なんなの？」クラリッサは返事を迫った。

ヘンリーは立ち聞きしている者がいないのを確認するかのように、急いであたりを見まわし、それからソファまで行ってクラリッサの横にすわった。「これはきみ一人の胸にしまっておいてもらいたい」きわめて厳粛な声でクラリッサに念を押した。

「それで？」クラリッサは期待にわくわくしながら、ヘンリーを促した。

「本当に極秘で」ヘンリーは強く言った。「誰にも知られてはならんのだ。だが、きみにだけは言っておかないと」

「ええ、わかった。話してちょうだい」クラリッサは夫を急き立てた。

ヘンリーはふたたびあたりを見まわし、それからクラリッサと向き合った。「とにかく極秘中の極秘なんだ」と強調した。効果を狙って言葉を切り、やがてクラリッサに告げた。「ソビエト連邦首相のカレンドールフが飛行機でロンドンにやってくる。明日、わが国の首相と重要な会議をするためだ」

クラリッサは感銘を受けた様子もなく、「ええ、知ってるわ」と答えた。

ヘンリーは驚愕の表情になった。「どういう意味だ、知ってるとは？」

「この前の日曜日に新聞で読んだから」クラリッサは軽い口調で言った。

「きみがなぜああいう低俗な新聞を読みたがるのか、わたしには理解できない」ヘンリーは妻に文句を言った。かなり苛立っている声だった。「カレンドールフが来ることを新聞が知るはずはない。国家の最高機密なんだから」

「あなたも苦労するわね」クラリッサはつぶやいた。それから、同情と懐疑心が混ざり合った声でさらに続けた。「でも、最高機密だとおっしゃるの？　まさか！　あなたたち外務省の高官がそう思いこんでるだけだわ」

ヘンリーは立ち上がり、ひどく心配そうな顔になって室内を歩き回りはじめた。「うむ、それはまずい。誰かがリークしたに違いない」とつぶやいた。

「あら、わたしはてっきり」クラリッサは辛辣(しんらつ)な意見を述べた。「あなたもとっくにご存じだと思ってた。いつだってリークがあることぐらいはね。その場合の用心もちゃんとなさってるものとばかり思ってたわ」

ヘンリーはいささかムッとした顔になった。「今夜公式に発表があったばかりだ。カレンドールフの飛行機は夜の八時四十分にヒースローに着く予定だが、じつは――」ソファに寄りかかり、疑わしそうに妻を見た。「なあ、クラリッサ」ひどく厳粛に尋ねた。

「きみの口の堅さを本気で信用してもいいだろうか？」

「わたしだったら、日曜新聞よりはるかに口が堅いわ」クラリッサは言い返しながら、ソファに上げていた両足を下ろし、きちんとすわりなおした。

ヘンリーはソファの肘掛けにすわると、悪事の相談をするかのようにクラリッサのほうへ身を乗りだした。「会議は明日、官庁街(ホワイトホール)でおこなわれる予定だが、その前にまず、サー・ジョンご本人とカレンドールフが非公式会談をやっておけば、ずいぶん楽になるはずだ。もちろん、ヒースローで報道陣が待ちかまえているだろうから、飛行機が着陸した瞬間から、カレンドールフの行動はほぼ公(おおやけ)になってしまう」

ヘンリーは取材の連中が彼の肩越しに覗きこむのを予想するかのように、またしても周囲を見まわし、興奮の高まる声で話を続けた。「幸いなことに、霧が出てきてわれわれの味方になってくれた」

「それで？」クラリッサは夫に話の続きをせがんだ。「わくわくするお話ね」

「最後の瞬間になって」ヘンリーは妻に話した。「ヒースローへの着陸は賢明ではないと機長が判断する。行き先を変更する。こういう場合はふつう——」

「バインドリー・ヒース飛行場へ向かうことになる」クラリッサが口をはさんだ。「ここからわずか二十五キロほどね。なるほど」

「いつもながら頭の回転が速いね、クラリッサ」ヘンリーの言い方にはいくらかトゲが感じられた。「だが、お察しのとおりだ。わたしはこれから車で飛行場へ行き、カレンドールフを迎えて家に連れてくる。わが国の首相もダウニング街から車でまっすぐこちらに向かっているところだ。会談には三十分もあれば充分だろう。そのあと、カレンドールフはサー・ジョンと一緒にロンドンへ向かう」

ヘンリーは話を終えた。立ち上がり、ソファから二、三歩離れたところでふりむいて、穏やかな口調で妻に言った。「いいかね、クラリッサ、これはわたしの経歴に大きなプラスになるはずだ。なにしろ、ここで会談をやるというのは、わたしが大いに信頼されている証拠だからね」

「それはそうよ」クラリッサはきっぱりと答え、夫のところへ行って両腕を投げかけた。

「ヘンリー、ダーリン」と叫んだ。「すばらしいわ」

「ところで」ヘンリーは重々しい口調で妻に言った。「カレンドールフのことは、今後、単にジョーンズ氏と呼ぶことにする」

「ジョーンズ氏？」クラリッサは〝信じられなくて笑ってしまう〟という思いを声に出すまいとしたが、あまりうまくいかなかった。

「そうだ」ヘンリーは説明した。「本名を使うのは危険すぎる」

「ええ――でも――ジョーンズ氏？」クラリッサは問いかけた。「もう少しましな名前は思いつけなかったの？」やれやれと言いたげに首を横にふり、さらに続けた。「ところで、わたしはどうすればいいのかしら。奥の間にひっこんでたほうがいい？ それとも、お酒を運び、お二人に挨拶してから、こっそり消えることにする？」

ヘンリーはやや心配そうに妻を見ながらたしなめた。「真剣に考えてくれなくては」

「でも、ヘンリー」クラリッサは主張した。「真剣に考えて、ついでにちょっと楽しむってわけにいかないの？」

そう訊かれてヘンリーは一瞬考えこんだが、やがて重々しく答えた。「きみは姿を見せないほうがいいかもしれない」

クラリッサは気にする様子もなかった。「ええ、いいわ。でも、お食事はどうするの？　何かお出ししたほうがいいかしら」

「いや、いい。食事の心配など必要ない」

「サンドイッチを少し用意しましょうか？」クラリッサは提案した。ソファの肘掛けに腰を下ろしてさらに続けた。「ハムサンドがよさそうね。パサパサにならないようにナプキンで包んでおくわ。それから、魔法瓶に熱いコーヒー。ええ、それがいいわね。チョコレートムースはわたしの寝室へ持っていって、会談の仲間に入れてもらえないこの身を慰めることにするわ」

「おいおい、クラリッサ――」ヘンリーは非難するように言いかけたが、妻が立ち上がって首に抱きついてきたので、何も言えなくなった。

「ダーリン、わたしだってすごく真剣に考えてるのよ」クラリッサは断言した。「不都合なんて起きるわけがない。わたしが許しません」愛情をこめて夫にキスをした。

ヘンリーは妻の抱擁からそっと身を離した。「ローリーはどうしたんだ？」

「ジェレミーとヒューゴと一緒にクラブハウスへ出かけて、食事中よ。食事がすんだらブリッジの予定ですって。だから、ローリーおじさまとジェレミーの帰りは真夜中過ぎになりそう」

「で、エルジン夫婦も出かけたのか？」

「ダーリン、あの二人が毎週木曜日に映画に行くことは、あなたもご存じでしょ」クラリッサは夫に思いださせた。「帰りは十一時をかなり過ぎるでしょうね」

ヘンリーはホッとした様子だった。「よかった」と大きな声で言った。「願ってもないことだ。サー・ジョンと、ええと――そのう――」

「ジョーンズ氏でしょ」クラリッサがかわりに言った。

「正解だ。ジョーンズ氏と首相はそのずっと前にここを出ているだろう」ヘンリーは腕時計に目をやった。「さてと、バインドリー・ヒース飛行場へ行く前に急いでシャワーを浴びたほうがよさそうだ」

「そして、わたしはハムサンドを作りにいったほうがよさそうね」クラリッサはそう言って部屋を飛びだした。

ヘンリーはブリーフケースを手にして、うしろから呼びかけた。「照明のことを忘れてはいけないよ、クラリッサ」ドアまで行って間接照明のスイッチを切った。「この家は自家発電で費用がかさむからね」照明のスイッチも切った。「ロンドンとは違うんだ」

廊下のドアからかすかな光が射しこむほかはすっかり暗くなった部屋を、最後にもう一度見まわし、ヘンリーはうなずきながら部屋を出て、背後のドアを閉めた。

第七章

クラブハウスでは、みんなにポートワインの味見をさせたクラリッサのことで、ヒューゴがしきりにぼやいていた。「まったくもう、ああいうおふざけはやめてもらいたいものだ」三人でバーへ向かいながら言った。「ホワイトホールからわたし宛に電報が届いたときのことを覚えてるかね、ローリー。次の叙勲のとき、わたしにナイト爵が授与されると書いてあった。ある晩、ヘンリー夫妻と晩餐を共にしたときに、その件をヘンリーに極秘で伝えたんだが、クラリッサがクスクス笑いだして——わたしはそこで初めて、電報をよこしたのがクラリッサだったことを知ったのだ。ときどき、ひどく子供っぽいことをする人だからね」

ローランド卿がちょっと笑った。「うん、たしかにそうだ。しかも、演技をするのが大好きときている。じつは、学生時代、演劇サークルに入っていて、芝居がすばらしくうまかったんだ。わたしは一時期、クラリッサが本格的に芝居の道へ進み、女優として舞台に立つのではないかと思っていた。とんでもない嘘をついているときだって、こちらはつい信じてしまう。それが俳優の本性というものだ。まことしやかに嘘をつく」

ローランド卿はしばし思い出に浸り、そのあとで続けた。「クラリッサの学生時代の親友にジャネット・コリンズという少女がいて、父親が有名なサッカー選手だった。そして、ジャネット自身も熱烈なサッカーファンだった。で、ある日、クラリッサが作り声でジャネットに電話をかけて、かくかくしかじかのサッカーチームの広報担当者だと名乗り、〝あなたがチームの新しいマスコットガールに選ばれました。でも、そのためには、今日の午後、ウサギの滑稽な扮装をして、入場しようとする客が列を作って待つ時間帯に、チェルシー・スタジアムの外に立ってもらわなくてはなりません〟と伝えた。ジャネットはコスチュームをどうにか調達し、ウサちゃんの格好をしてスタジアムまで行ったが、何百人もの人々に笑われ、待ちかまえていたクラリッサに写真を撮られた。ジャネットは怒り狂った。友情はたぶんそこで終わりだっただろうな」

「困ったものだ」ヒューゴはやれやれと言いたげにうめきながら、メニューを手にとり、あとで食べる料理を選ぶという真剣な作業に集中しはじめた。

さて、ヘイルシャム＝ブラウン家の客間に話を戻そう。ヘンリーがシャワーを浴びるために出ていったわずか二、三分後、誰もいなくなった部屋にオリヴァー・コステロがこっそり入ってきた。カーテンをあけたままなので、月の光が流れこんでいる。懐中電灯で室内を慎重に照らしてから、机まで行き、上にのっているスタンドをつけた。秘密の引出しのフラップを持ち上げたあとで急にスタンドを消し、しばらく動きを止めた。何かの物音を耳にしたかのように。どうやら安心したらしく、もう一度スタンドをつけて秘密の引出しをあけた。

コステロの背後で、書棚の横のパネルが音もなくゆっくりと開いた。コステロが秘密の引出しを閉め、ふたたびスタンドを消してから、さっとふりむくと、その瞬間、奥に隠れていた何者かから頭に強烈な一打を浴びせられた。コステロはその場で崩れ落ちてソファのうしろに倒れ、パネルが元どおりに閉じた。今度は迅速だった。

室内はしばらく暗いままだったが、やがてヘンリー・ヘイルシャム゠ブラウンが廊下から入ってきて、壁の照明のスイッチを入れ、「クラリッサ！」と大声で呼んだ。眼鏡をかけ、ソファの近くのテーブルに置いてある箱から自分のシガレットケースに煙草を補充していると、クラリッサが入ってきた。「わたしはここよ、ダーリン。出かける前にサンドイッチはいかが？」

「いや、そろそろ行ったほうがいいと思う」ヘンリーは答え、神経質な様子で上着を軽く叩いた。

「あら、まだ時間があるじゃない。車だったら、飛行場まで二十分もかからないわ」

ヘンリーは首を横にふった。「いつ何があるかわからない。タイヤがパンクするかもしれないし、車が故障するかもしれない」

「取越し苦労はおやめなさい」クラリッサは夫をたしなめながら、ネクタイの形を整えた。「きっと、すべてうまくいくわ」

「ところで、ピッパはどうしてる？」ヘンリーは心配そうに尋ねた。「サー・ジョンとカレン――い、いや、ジョーンズ氏がひそかに話をしているあいだに、一階に下りてきたり、部屋に飛びこんできたり、といったことはないだろうな？」

「ええ、ご心配なく」クラリッサは夫に請け合った。「わたしがピッパの部屋へ行って、二人でご馳走を食べるつもりよ。明日の朝食用のソーセージを焼いて、チョコレートムースを分け合うの」

ヘンリーは妻に愛情のこもった笑みを向けた。「ピッパに本当によくしてくれるね。きみに深く感謝している点のひとつだ」言葉を切り、照れくさそうな顔をして、さらに続けた。「わたしは口下手で――そのう――ええと――一時はひどく惨めだった――それがいまでは、すっかり変わった。きみのおかげで――」クラリッサを腕のなかに包みこんでキスをした。

二人はしばらくのあいだ、愛の抱擁に身を委ねた。やがてクラリッサはそっと離れたが、彼の両手を握った手は放さなかった。「あなたはわたしをとても幸せにしてくれたのよ、ヘンリー。そして、ピッパはもう大丈夫。すなおないい子だわ」

ヘンリーは妻に向かって愛おしげに微笑した。「じゃ、ジョーンズ氏を迎えにいってらっしゃい」クラリッサはそう言って、夫を廊下のドアのほうへ押しやった。「ジョーンズ氏」とくりかえした。「やっぱり、つまらない名前を選んだものだと思うわ」

ヘンリーが部屋を出ようとしたとき、クラリッサが訊いた。「みなさん、玄関からお入りになるの？　鍵をかけないでおきましょうか？」

ヘンリーはドアのところで足を止めて考えた。「いや、フレンチドアから入ることにしよう」

「コートを着てったほうがいいわ、ヘンリー。かなり冷えてきたから」クラリッサはそうアドバイスしながら、夫を廊下へ押しだした。「それから、マフラーもね」ヘンリーは廊下の壁にかかっていたコートをすなおにとり、クラリッサは彼について玄関ドアまで行き、最後のアドバイスをした。「気をつけて運転するのよ。いいわね？」

「大丈夫だよ。知ってのとおり、わたしはつねに慎重だ」

クラリッサは夫の背後でドアを閉め、サンドイッチ作りを終えるために台所へ行った。

それを皿に並べ、パサパサにならないように湿らせたナプキンをかけるあいだも、さきほどのオリヴァー・コステロとの不愉快な顔合わせのことを考えずにはいられなかった。顔をしかめながら、サンドイッチを客間に運び、小さなテーブルに置いた。

不意に、テーブルに皿の跡をつけてミス・ピークの不興を買ってはまずいと思い、あわてて皿を持ち上げてテーブルについた跡をこすったが、消えそうもないので、近くにあった花瓶を置いてごまかすことにした。サンドイッチの皿をベンチへ移し、次に、ソファのクッションを丹念にふって膨らませた。小さくハミングしながらピッパの本を拾い上げ、書棚に戻したが、不意に鼻歌をやめて悲鳴を上げた。オリヴァー・コステロの死体につまずいてころびそうになったのだ。

死体の上にかがみこんで、誰なのかを知った。「オリヴァー！」思わずあえいだ。永遠とも思われるほどのあいだ、恐怖のなかで相手を見つめた。やがて、死んでいることを確信すると、あわてて身を起こし、ヘンリーを呼ぼうと玄関のほうへ走ったが、もう出かけてしまったことにすぐさま気づいた。死体のところに戻り、次に電話へ走って受話器を上げた。ダイヤルしはじめたが、そこで手を止め、受話器を戻した。立ったまましばらく考えこみ、壁のパネルを見た。即座に心を決め、もう一度パネルに目をやってから、しぶしぶ身を屈めて死体をパネルのほうへひきずっていった。

クラリッサがこうして奮闘しているあいだに、パネルがゆっくり開いて、パジャマの上にガウンをはおったピッパが奥から出てきた。「クラリッサ!」泣き叫び、継母のところに駆け寄った。

クラリッサはピッパとコステロの死体のあいだに立ちはだかり、ピッパを軽く押してこの場から追い払おうとした。「ピッパ」懇願した。「見ないで、いい子だから。見ちゃだめ」

ピッパは絞め殺されそうな声で叫んだ。「そんなつもりじゃなかった。ねえ。ええ、ほんとよ。そんなことしようなんて思ってなかった」

「死んでる。そうだよね? ほんとに死んでるの?」ピッパが訊いた。ヒステリックに泣きじゃくりながら叫んだ。「あたし――殺すつもりはなかった。そんなこと考えもしなかった」

クラリッサは恐怖に駆られて少女の腕をつかんだ。「ピッパ! じゃ――あなたが?」息が止まりそうだった。

「落ち着いて。さあ、落ち着きなさい」クラリッサはささやき声でなだめた。「大丈夫よ。さ、すわりましょうね」ピッパを肘掛椅子まで連れていってすわらせた。

「そんなつもりはなかった。殺すつもりなんてなかったの」ピッパは泣きながら続けた。

クラリッサは少女のそばに膝をついた。「もちろん、そうよね。さてと、聞いてちょうだい、ピッパ――」

ピッパがよけいヒステリックに泣きじゃくるだけなので、クラリッサは語気を強めた。

「ピッパ、よく聞いて。何も心配しなくていいのよ。このことは忘れてしまいなさい。何もかも忘れるの。わかった？」

「うん」ピッパはすすり泣いた。「でも――でも、あたし――」

「ピッパ」クラリッサはさらに語気を強めた。「わたしを信じて、いまから言うことをすなおに聞いてちょうだい。何も心配しなくていいのよ。ただ、勇気を出して、わたしの言うとおりにしてほしいの」

依然としてヒステリックに泣きじゃくったまま、ピッパは顔を背けようとした。

「ピッパ！」クラリッサは大声で言った。「言うとおりにしてくれる？」ピッパの身体をまわして自分のほうを向かせた。「いいわね？」

「う、うん、そうする」ピッパは叫び、クラリッサの胸に顔を埋めた。

「いい子ね」クラリッサはあやすような口調でいいながら、ピッパに手を貸して椅子から立たせた。「じゃ、二階へ行ってベッドに入りましょう」

「一緒に来て、お願い」少女は懇願した。

「ええ、ええ」クラリッサはピッパを安心させた。「すぐ行くわ。なるべく急いで行きますからね。そして白い小さな錠剤をあげる。ぐっすり眠れて、朝になれば気分もすっきりしてるはずよ」死体を見下ろしてつけくわえた。「何も心配しなくていいのよ」

「でも、死んでる——そうだよね？」

「ううん、死んでないかもしれない」クラリッサは返事をはぐらかした。「たしかめておくわ。さあ、二階へ行きなさい、ピッパ。言われたとおりにするのよ」

ピッパは泣きじゃくったまま部屋を出て、階段を駆け上がっていった。クラリッサはその姿を見送ってから、床に倒れている死体のほうに向きなおった。「もし客間で死体を見つけたら、どうすべきか？」一人でつぶやいた。しばらく考えこんで立ちつくしたのちに、もっと強い調子で言った。「ああ、神さま、どうすればいいの？」

第八章

十五分たってもクラリッサはまだ客間にいて、ひとりでブツブツ言っていた。しかし、さっきまでは大忙しだった。照明をすべてつけ、壁のパネルを閉め、開いたままだったフレンチドアにカーテンをひいた。オリヴァー・コステロの死体はいまもソファのうしろに倒れたままだが、クラリッサは家具を移動させて折りたたみ式のブリッジテーブルを部屋の中央に置き、トランプのカードとブリッジの点数表何枚かをのせ、背もたれのまっすぐな椅子四脚をテーブルのまわりに配していた。

ブリッジテーブルのそばに立って、点数表の一枚に数字を書きこんだ。「スペードが三枚、ハートが四枚、切り札以外が四枚、パス」とつぶやきながら、コールするたびにそれぞれの持ち札を指さした。「ダイヤが五枚、パス、スペードが六枚――ダブル――ここで下りることになる」しばし手を止めてブリッジテーブルに視線を落とし、ふたたび続けた。「ええと、ダブル・バルネラブル、二トリック、五百点――それとも、この得点にしたほうがいいのかしら？　いえ、だめ」

ローランド卿、ヒューゴ、ジェレミー青年がフレンチドアから入ってきたので、クラリッサは数字の記入を中断した。ヒューゴは一瞬足を止めてから、部屋に入り、フレンチドアの片側だけ閉めた。

クラリッサは点数表と鉛筆をブリッジテーブルに置き、三人を迎えに駆け寄った。

「よかった、来てくれて」と、ローランド卿に言った。その声はひどく動揺していた。

「いったい何事だね？」心配そうな声でローランド卿がクラリッサに訊いた。

クラリッサは三人全員のほうを向いて答えた。「みなさん。どうか助けてちょうだい」

ブリッジテーブルにカードが広げてあることにジェレミーが気づいた。「ブリッジパーティでもやってるみたいに見えますね」と、陽気に言った。

「ずいぶん芝居がかった言い方だったがな、クラリッサ」ヒューゴも話に加わった。「何を始めたんだね、お嬢さん」

クラリッサはローランド卿にすがりついた。「大変なの」と強く言った。「ほんとに大変なの。力になってくださるでしょ？」

「もちろん、力になるとも、クラリッサ」ローランド卿が請け合った。「だが、いったい何があったんだ？」

った。

「そうそう、今度は何なんだね？」ヒューゴが訊いた。いささかうんざりした口ぶりだった。

ジェレミーもまたかと言いたげだった。「何か企んでるんですね、クラリッサ。今度はなんです？　死体か何かを見つけたとか？」

「まさにそうなの」クラリッサは答えた。「わたし――死体を見つけてしまって」

「どういう意味だ――死体を見つけた？」ヒューゴが訊いた。腑に落ちないという口調だが、さほど興味はなさそうだった。

「ジェレミーが言ったとおりよ。ここに入ってきたら死体があったの」

ヒューゴは室内をざっと見まわした。「きみがなんの話をしているのかわからない」と文句を言った。「どんな死体だ？　どこにある？」

「ふざけてなんかいないわ。真剣よ」クラリッサは腹立たしげに叫んだ。「そこにあるの。見てちょうだい。ソファのうしろ」ローランド卿をソファのほうへ押しやり、自分は下がった。

ヒューゴがすばやくソファに近づいた。ジェレミーがあとに続き、ソファの背から身を乗りだした。「なんと、クラリッサの言うとおりだ」とつぶやいた。

ローランド卿が二人に加わった。ヒューゴと二人で身をかがめて死体を調べた。「ええっ、オリヴァー・コステロではないか」ローランド卿は叫んだ。「なんてことだ!」ジェレミーがあわててフレンチドアまで行き、ふたたびカーテンを閉めた。

「そうなの」クラリッサは言った。「オリヴァー・コステロよ」

「なんでやつがここにいる?」ローランド卿が尋ねた。

「今日の夕方、ピッパのことで話があるって訪ねてきたの」クラリッサは答えた。「おじさまたちがクラブへいらしたすぐあとだったわ」

ローランド卿は困惑の表情になった。「ピッパのことで何を要求してきた?」

「ミランダと二人でピッパをひきとるって脅すのよ。でも、いまはそんなことどうでもいいわ。その話はあとでね。急がなきゃ。時間がほとんどないから」

ローランド卿は警告のために片手を上げた。「ちょっと待ちなさい」クラリッサに近づいて諭した。「事実をはっきりさせねばならん。コステロが来たとき、何があったんだ?」

クラリッサは苛立たしげに首をふった。「わたしからあの男に言ってやったの——あなたとミランダにピッパを渡すつもりはないって。そしたら、出てったわ」

「だが、戻ってきたわけか」

「いつ？」ローランド卿は尋ねた。「どうやって？」

「知りません。さっきも言ったように、部屋に入ったら、あの男が倒れてたの——ああいう状態で」クラリッサはソファのほうを身ぶりで示した。

「なるほど」ローランド卿は床にころがった死体のところへ戻り、身をかがめてのぞきこんだ。「なるほど。ふむ、たしかに死んでいる。何か重くて尖ったもので頭を殴られたようだ」ほかの人々を見まわした。「あまり心地よい展開にはなりそうもないが、とるべき道はひとつしかない」そう言いながら電話のほうへ行った。「警察に電話しなくては。そして——」

「だめ」クラリッサは鋭く叫んだ。

ローランド卿はすでに受話器を上げていた。「おまえがすぐに電話すればよかったんだ」と意見をした。「だが、警察もさほど文句は言うまい」

「だめ、ローリーおじさま、やめて」クラリッサは強く言った。ローランド卿のところに駆け寄ると、受話器を奪い、元に戻した。

「おいおい——」ローランド卿がたしなめたが、クラリッサは聞く耳を持たなかった。

「その気があれば、自分で警察に電話してたわよ」と認めた。「そうするのが正しいってことぐらい、よくわかってる。ダイヤルしようとまでしたのよ。でも、かわりにクラブへ電話して、すぐ帰ってきてって三人にお願いしたの」ジェレミーとヒューゴのほうを向いた。「二人とも、まだわたしに理由を訊こうともしないのね」

「すべてわれわれに任せておきなさい」ローランド卿は彼女に言って聞かせた。「われわれのほうで――」

クラリッサは激しい口調で彼の言葉をさえぎった。「ちっともわかってない」と強く言った。「助けてほしいの。前におっしゃったでしょ。わたしが何か困ったことになったときは力になるって」向きを変え、あとの二人にも視線を向けた。「みなさん、お願いだから力を貸して」

ジェレミーは場所を移動して、死体がクラリッサの目に入らないようにした。「ぼくたちにどうしろというんです?」

「死体を始末してほしいの」というのがクラリッサの唐突な返事だった。

「なんだと。バカなことを言うものじゃない」ローランド卿が彼女に言って聞かせた。

「これは殺人事件なんだぞ」

「だから困るのよ。死体がこの家で見つかったりしたら大変でしょ」

ヒューゴが苛立たしげに鼻を鳴らした。「自分が何を言ってるのか、わかっていないようだな。ミステリの読みすぎだぞ。現実の生活では、死体を動かすなどというふざけたまねをしてはならんのだ」

「でも、すでに動かしてしまったの」クラリッサは説明した。「ひっくりかえして、ほんとに死んでるかどうか確認して、それからパネルの奥へひきずっていこうとして、そこで助けが必要だと気がつき、クラブへ電話したわけなの。でね、みなさんを待ってるあいだに計画を立てたのよ」

「ブリッジのテーブルもその計画に含まれてるんですね、たぶん」ジェレミーが言って、テーブルのほうを指し示した。

クラリッサはブリッジの点数表を手にとった。「そうよ。これでアリバイを作るの」

「どういうことだ――」ヒューゴが意見を言おうとしたが、クラリッサにさえぎられた。

「三回勝負のうち二回半まで進んでいたことにするの。勝負の経過をすべて考えだして、この表に点数を書いておいたわ。みなさんももちろん、ご自分の字でそれぞれの点数表に記入をお願いね」

ローランド卿が仰天してクラリッサを見つめた。「どうかしてるぞ、クラリッサ。ぜったいどうかしている」

クラリッサは知らん顔だった。「きちんと計画を立てたのよ」話を続けた。「死体はとにかくここから運びださなきゃ」ジェレミーに目を向けた。「それにはみなさんのうち二人が必要だわ」と、ジェレミーに指示した。「死体ってすごく運びにくいのね――さっきやってみてわかったわ」

「いったいどこへ運べというのだ？」ヒューゴが腹立たしげに尋ねた。

それについてはクラリッサのほうですでに考えていた。「いちばんいいのはマーズデンの森だと思う。ここからわずか三キロぐらい」左のほうを示した。「表門を出てから、二、三メートル行ったところで脇道に入るの。狭い道で、車はほとんど通らないわ」ローランド卿のほうを向いた。「森に着いたら、車は道路脇に置いていって」と指示した。「それから、徒歩で戻ってくるのよ」

ジェレミーは当惑の表情になった。「死体を森に捨ててくるわけですか？」

「ううん、車のなかに残していくの」クラリッサは説明した。「オリヴァー自身の車に。わかるでしょ？　車はいまこっちにあるわ。厩のそばに」

いまや三人とも困惑の表情を浮かべていた。「なんの苦労もいらないわ」クラリッサは三人に請け合った。「徒歩で戻ってくるのを誰かに見られたとしても、暗い夜道だし、あなたたちの顔を相手が知ってるわけはないんだから。しかも、アリバイがある。わたしたち四人はここでブリッジをやってたのよ」クラリッサは悦に入った表情で点数表をブリッジテーブルに戻し、いっぽう、男性陣は呆然と彼女を見つめるばかりだった。

ヒューゴが完璧な円を描いて歩きまわった。「わたしは——わたしは——」宙で両手をふりまわしながら、しどろもどろに言った。

クラリッッサはさらに続けて指示を出した。「もちろん、手袋をはめてちょうだい」と三人に言った。「そしたら、指紋を残さずにすむでしょ。みなさんのために、ちゃんと用意しておいたわ」ジェレミーを押しのけるようにしてソファまで行き、クッションの下から三人分の手袋をとりだして、ソファの肘掛けに並べた。

ローランド卿がクラリッッサをじっと見ていた。「犯罪者としてのおまえの天性の素質には、言葉を失ってしまう」

ジェレミーは賛美の目でクラリッッサを見つめた。「この人が一人ですべて計画したわけですね？」

「そうだな」ヒューゴは認めた。「だが、まったく愚かとしか言いようがない」

「ねえ、とにかく急いで」クラリッッサは強い口調で命じた。「九時になったら、ヘンリーがジョーンズ氏を連れて帰ってくるから」

「ジョーンズ氏？　いったい誰だね？」ローランド卿が彼女に訊いた。

クラリッッサは頭に手をやった。「まったくもう」と叫んだ。「殺人が起きるとうんざりするほどたくさん説明しなきゃならないことがあるなんて、考えもしなかった。助けてってみなさんにお願いすれば、すぐ助けてもらえて、それですべて解決だと思ってた」三人を順々に見た。「ねえ、みなさん、お願い」ヒューゴの髪をなでた。「どうか、どうか、ヒューゴ――」

「芝居をするのはまことにけっこう」ひどくいらいらした声で、ヒューゴは言った。「だが、殺人というのは厄介で深刻な事態だし、そんなことでふざけたりしたら、きみは窮地に追いこまれかねない。こんなに暗くなってから死体を運ぶなんて無理な話だ」

クラリッサはジェレミーのところへ行き、彼の腕に手をかけた。「ジェレミー、お願い、助けてくれるでしょ。ね？」切実な訴えのこもった声で頼みこんだ。

ジェレミーは愛しげに彼女を見つめた。「いいですとも、やりましょう」陽気に答えた。「友達なんだから、死体のひとつやふたつ、なんとかしますよ」

「やめたまえ、きみ」ローランド卿が命じた。「こんなことを許すわけにはいかん」クラリッサのほうを向いた。「さて、わたしの言うとおりにしてもらおう。いいね。なんといっても、ヘンリーのことも考えなくては」

クラリッサはローランド卿に憤慨の表情を向けた。「あら、わたしがいちばんに考えてるのはヘンリーのことよ」と、はっきり言った。

第九章

三人の男性はクラリッサの主張を無言で受け止めた。ローランド卿が重々しく首を横にふり、ヒューゴが困惑の表情のままなのに対して、ジェレミーはこの状況を理解する気をすっかりなくしたかのように、肩をすくめただけだった。

クラリッサは深く息を吸ってから、三人全員に向かって言った。「今夜、とても重大なことが予定されてるの。ヘンリーが——ある人を迎えにいって、ここに連れてくることになっている。とても重大で、しかも極秘。政治の世界にからむ最高機密なの。誰にも知られてはならない。外部に漏らすなんてもってのほかだわ」

「ヘンリーが迎えにいった相手というのが、そのジョーンズ氏なのか？」ローランド卿が疑わしげに尋ねた。

「バカみたいな名前でしょ？　わたしもそう思う」クラリッサは言った。「でも、とにかくそう呼ばれてるの。本名を教えるわけにはいかない。これ以上はもう何も言えない。

誰にも何も言わないってヘンリーに約束したんですもの。でも、これだけはわかってちょうだい。わたしはべつに――」話を続けながらヒューゴのほうを見た。「ふざけてはいないし、ヒューゴが言うように〝お芝居をしてる〟わけでもないのよ」

クラリッサはふたたびローランド卿のほうを向いた。「これがヘンリーの経歴にどう影響するとお思いになる？」彼に尋ねた。「ヘンリーがその重要人物と一緒に家に入り――そして、もう一人の重要人物がこの顔合わせのためにロンドンからはるばるやってきたところ――警察が殺人事件の捜査をしていて――被害者というのがヘンリーの前の奥さんと結婚したばかりの男性だってことが表沙汰になったら？」

「やれやれ！」ローランド卿が叫んだ。それから、クラリッサの目をまっすぐに見て疑わしげにつけくわえた。「これもおまえのでっち上げではあるまいな？　われわれ全員をからかうために、手のこんだいたずらを仕掛けたわけではないだろうね？」

クラリッサは悲しそうに首を横にふった。「わたしが本当のことを言っても、誰も信じてくれないのね」と文句を言った。

「すまん」ローランド卿は言った。「うむ、思ったより厄介な事態のようだ」

「でしょ？」クラリッサはローランド卿に強く迫った。「だから、どうしても死体を運びださなきゃいけないの」

「この男の車、どこにあるって言いました？」ジェレミーが訊いた。

「厩のそばよ」

「で、使用人たちは留守なんですね？」

クラリッサはうなずいた。「ええ」

ジェレミーはソファに置いてあった手袋をひと組とった。「よし」きっぱりと言った。「ぼくが死体を車へ運びましょうか？　それとも、車をここまで持ってきます？」

ローランド卿が片手を差しだして止めようとした。「ちょっと待て。そんなに急いではならん」

ジェレミーが手袋をソファに戻したが、クラリッサはローランド卿のほうを向いて必死に訴えた。「でも、急がなきゃ」

ローランド卿は深刻な表情でクラリッサを見つめた。「おまえのこの案がいちばんいいのかどうか、わたしにはわからない」と告げた。「なあ、死体が発見されるのを明日の朝まで遅らせることができれば、それでいいんじゃないかね？　そのほうがずっと簡単だぞ。いまはとにかく、死体をほかの部屋へ移すだけにしておけば、のちのち言い訳もできるというものだ」

クラリッサはローランド卿のほうを向いて、じかに話しかけた。「おじさまを説得しなきゃだめなようね」ジェレミーに目を向けてさらに続けた。「ジェレミーはやる気になってくれてるのよ」ヒューゴをちらっと見た。「それから、ヒューゴは文句を言って首をふるでしょうけど、それでもやってくれると思う。問題はおじさまで……」

クラリッサは書斎のほうへ行ってドアを開いた。「しばらく席をはずしていただけないかしら」と、ジェレミーとヒューゴに言った。「ローリーおじさまと二人だけで話がしたいの」

「クラリッサの口車に乗って愚かなまねなどするんじゃないぞ、ローリー」部屋を出ていきながらヒューゴが警告した。ジェレミーはクラリッサを元気づけようとして微笑し、「がんばって!」とつぶやいた。

ローランド卿はいかめしい表情でテーブルの椅子にすわった。

「さて!」クラリッサはテーブルの向かいの椅子にすわってローランド卿と向き合った。

「いいかね」ローランド卿が警告した。「わたしはおまえを大切に思っているし、今後もずっと大切にしていくつもりだ。だが、訊かれる前に言っておくと、この場合、返事は〝ノー〟しかない」

クラリッサは強い口調で真剣に訴えはじめた。「ここであの男の死体が見つかったらまずいじゃない」と言い張った。「発見場所がマーズデンの森だったら、〝今日、短時間だけうちに来てました"って警察に言えるし、何時に帰っていったかも正確に伝えられる。じつは、ミス・ピークがオリヴァーを裏門まで送っていったの。いま考えると、すごく運がよかったわ。オリヴァーがまた戻ってきたんじゃないかって疑われる心配がないわけでしょ」

クラリッサは大きく息を吸った。「でも、ここで死体が見つかった場合は、全員が警察に事情を訊かれることになるのよ」いったん言葉を切り、じっと考えこみながら続けた。「ピッパは持ちこたえられないでしょうね」

「ピッパ？」ローランド卿は見るからに当惑していた。

クラリッサの表情は暗かった。「ええ、ピッパよ。泣き崩れて、自分がやったんだって白状してしまう」

「ピッパが！」ローランド卿はいま聞かされたことを徐々に理解するなかで、ふたたび言った。

クラリッサはうなずいた。

「なんてことだ！」ローランド卿は叫んだ。

「今日、オリヴァーがここに来たとき、あの子はひどく怯えてた」クラリッサはローランド卿に言った。「あなたを連れていかせるようなまねは、このわたしがぜったいさせないと言って、ピッパを安心させようとしたけど、あの子にしてみれば信じられなかったのね。どんなひどい目にあってきたか、おじさまもご存じでしょ――ノイローゼ状態でボロボロだった。オリヴァーとミランダのところに連れ戻されてそちらで暮らすことになったら、耐えられなかったと思う。わたしがオリヴァーの死体を見つけたとき、ピッパがやってきたの。〝そんなつもりはなかった〟と、わたしに言ったわ。本当のことを言ってるのは間違いなさそうよ。思わず逆上したんでしょうね。あのステッキをつかんで闇雲に殴りかかったんだわ」

「どんなステッキだ？」ローランド卿は訊いた。

「廊下のコート掛けのところにあったステッキ。いまはパネルの奥の部屋に置いてあるわ。そこに隠したの。手は触れてないわよ」

ローランド卿はしばらく考えこみ、それから鋭く尋ねた。「ピッパはいまどこにいる？」

「ベッドのなかよ。睡眠薬をのませたの。朝まで目をさまさないと思う。明日になったらロンドンへ連れていくわ。わたしの昔の乳母がしばらく世話をしてくれるでしょう」

ローランド卿は立ち上がると、ソファの背後にまわり、オリヴァー・コステロの死体を見下ろした。それからクラリッサのところに戻って彼女にキスをした。「おまえの勝ちだ。謝るよ。あの子に責任をとらせるわけにはいかない。あとの二人を呼び戻してくれ」

ローランド卿がフレンチドアのほうへ行って閉めるあいだに、クラリッサは書斎のドアをあけて二人を呼んだ。「ヒューゴ、ジェレミー。戻ってきてくれない？」

二人が客間に戻ってきた。「お宅の執事は戸締りがいい加減なようだ」ヒューゴが言った。「書斎の窓があいていたぞ。わたしが閉めておいた」

ヒューゴはローランド卿に向かっていきなり訊いた。「どうだった？」

「改心させられた」というのが相手に劣らぬローランド卿の簡潔な返事だった。

「すばらしい」とは、ジェレミーの意見だった。

「無駄にしている時間はない」ローランド卿が断言した。「ほら、手袋」ひと組とって手にはめた。ジェレミーがあとのふた組をとり、そのうちひと組をヒューゴに渡して、それぞれ手にはめた。ローランド卿がパネルのほうへ行った。「どうすれば開くんだね？」と訊いた。

ジェレミーがそばへ行った。「こうやるんです。ピッパが教えてくれました」レバーを動かしてパネルを開いた。

ローランド卿が奥のスペースをのぞきこみ、手を伸ばして、散歩用のステッキをとりだした。「ふむ、ずいぶん重い」と意見を述べた。「先端がずっしりしている。だが、予想外だったな――」そこで黙りこんだ。

「何が予想外だったんだ？」ヒューゴが尋ねた。

ローランド卿は首をふった。「先の尖ったものが使われたのではないかと思っていた――何か金属製のもの」

「肉切り包丁とか？」ヒューゴは無遠慮に言った。

「ぼくにはわからない」ジェレミーが口を出した。「そのステッキだってずいぶん物騒に見えますよ。それで殴りつければ、人の頭ぐらい簡単にかち割れるんじゃないかな」

「たしかにそうだ」ローランド卿は平然と言った。ヒューゴのほうを向き、ステッキを渡した。「ヒューゴ、これを台所のストーブで燃やしてきてくれないか」と頼んだ。

「ウォレンダーくん、きみとわたしで死体を車へ運ぶとしよう」

ローランド卿とジェレミーは死体の両側にかがみこんだ。そのとき不意にベルの音が鳴り響いた。「なんだ？」ローランド卿がビクッとして叫んだ。

「玄関の呼鈴よ」クラリッサが言った。当惑している声だった。一瞬、全員が立ちすくんだ。「誰なの、いったい」クラリッサはつぶやいた。「ヘンリーと――ええと――ジョーンズ氏にしては早すぎるし。きっと、サー・ジョンだわ」

「サー・ジョンだと？」ローランド卿が訊いた。さらに仰天した声になっていた。「首相が今夜ここに来る予定だというのかね？」

「そうなの」クラリッサは答えた。

「ふむ」ローランド卿はしばし心を決めかねた。やがて「よし」とつぶやいた。「どうにかせねばならん」ふたたびベルが鳴り響き、ローランド卿は行動に移った。「クラリッサ、玄関に出なさい。どんな手段を使ってもいいから、とにかく客をひきとめておけ。そのあいだに、われわれがここを片づける」

クラリッサはあわてて廊下へ出ていき、ローランド卿はヒューゴとジェレミーのほうを向いた。「では」切羽詰まった声で説明した。「次のようにしよう。死体はパネルの奥のスペースに入れておく。あとで客たちが顔合わせをしているあいだに、書斎を通って運びだせばいい」

「名案だ」ローランド卿と力を合わせて死体を抱え上げながら、ジェレミーが賛成した。

「わたしも手伝おうか？」ヒューゴが訊いた。

「いえ、大丈夫です」ジェレミーが答えた。ローランド卿と二人でコステロの死体の腋の下を両方から支えてパネルの奥のスペースに運び入れ、そのあいだにヒューゴは懐中電灯を手にした。しばらくすると、ローランド卿が出てきて、ジェレミーが急いであとに続くあいだにレバーを押した。懐中電灯とステッキを持ったヒューゴがジェレミーの腕の下を急いでかいくぐり、奥のスペースに入りこんだ。次の瞬間、パネルが閉まった。

ローランド卿は上着に血がついていないかを調べたあとで、「手袋」とつぶやき、はめていた手袋をとってソファのクッションの下に押しこんだ。ジェレミーも自分の手袋をはずして同じようにした。次に、ローランド卿が「ブリッジ」と自分に言い聞かせ、急いでブリッジテーブルまで行って椅子にすわった。

ジェレミーもあとに続き、自分のカードを手にとった。「さあさあ、ヒューゴ、早くしろ」ローランド卿が急き立てながら自分のカードをとった。

返事のかわりにパネルの奥のスペースからノックが響いた。ローランド卿とジェレミーはヒューゴが部屋にいないことにハッと気づき、驚いて顔を見合わせた。ジェレミーが席を立ってレバーのところへ急ぎ、パネルを開いた。「ほらほら、ヒューゴ」ローランド卿が切迫した声でくりかえすと、ヒューゴが姿を見せた。「急いでください、ヒューゴ」ジェレミーがもどかしそうに言い、ふたたびパネルを閉めた。

ローランド卿がヒューゴから手袋を受けとってクッションの下に押しこんだ。三人がそれぞれブリッジテーブルについてカードを手にとるのと同時に、クラリッサが廊下から部屋に戻ってきた。制服姿の男性が二人、そのあとに続いた。

無邪気な驚きの口調で、クラリッサが言った。「警察の方よ、ローリーおじさま」

第十章

警官二人のうち年上のほう——ごま塩頭のがっしりした男性——がクラリッサのあとから部屋に入ったが、もう一人は廊下のドアのそばに立ったままだった。「こちらはロード警部さんよ」クラリッサがみんなに告げた。「そして——」年下の警官のほうを向いた。黒っぽい髪をした二十代の男性で、サッカー選手のような体格だ。「すみません、お名前、なんておっしゃいました？」と尋ねた。

警部がかわりに「ジョーンズ巡査です」と答えた。それから、三人の男性に向かってさらに続けた。「いきなりお邪魔して申し訳ありません。しかし、ここで殺人が起きたという通報を受けたものですから」

クラリッサと三人の男性が同時に口を開いた。「なんですと？」ヒューゴがわめいた。「殺人！」ジェレミーが叫んだ。「なんたること」ローランド卿が大声を上げた。そして、クラリッサは「ずいぶん突拍子もない話じゃない？」と言った。四人とも呆然自失を装っていた。

「ええ、署に電話がありましてね」警部は四人に告げた。ヒューゴに会釈をしてつけくわえた。「こんばんは、バーチ判事」

「ええ、そのう――ご苦労ですな、警部さん」ヒューゴはもごもご言った。

「どうやら、誰かに一杯食わされたようですな、警部さん」ローランド卿が言った。

「きっとそうよ」クラリッサはうなずいた。「わたしたち、今夜はここでずっとブリッジをやっていました」

あとの者も同意したところで、クラリッサは尋ねた。「通報してきた人は誰が殺されたと言ったんです？」

「名前はいっさい出ませんでした」警部はクラリッサたちに言った。「コップルストーン邸で男が殺された、すぐ来てほしい――通報者はそれだけしか言わなかった。詳しいことが何もわからないうちに、電話が切れてしまいました」

「きっといたずらね」クラリッサは断言し、嘆かわしいと言いたげにつけくわえた。「なんてたちの悪いことをするのかしら」

ヒューゴが舌打ちをし、警部が答えた。「奥さんも驚かれるでしょうが、世の中にはくだらんことをする連中がけっこういるものです」

警部は言葉を切ると、みんなを順々に見まわし、それからクラリッサに向かって続けた。「さてと、あなたのお話ですと、今夜ここでは変わったことなど何も起きなかったというのですね？」返事を待たずにつけくわえた。「ヘイルシャム＝ブラウン氏にもお会いしたほうがいいかもしれませんな」

「家にはおりません」クラリッサは警部に言った。「今夜は帰りが遅くなると思います」

「わかりました」警部は答えた。「目下、お宅にはどなたがおられます？」

「ローランド・デラヘイ卿と、それからウォレンダーさん」クラリッサは二人を順々に身振りで示し、つけくわえた。「それから、ヒューゴ・バーチさんが――あ、すでにお知り合いでしたわね――今夜ここにいらしてます」

ローランド卿とジェレミーが〝よろしく〟と小声で言った。「あ、そうそう」いま思いだしたばかりという感じで、クラリッサは続けた。「小さな義理の娘がおります」〝小さな〟を強調した。「いまはベッドで眠っています」

「使用人たちは？」警部が尋ねた。

「二人おります。夫婦です。でも、今夜は二人が外出する日で、メイドストーンへ映画を見にいきました」

「なるほど」警部は重々しくうなずいた。ドアのところで見張りを続けていた巡査とぶつかりそうになった。いぶかしげな視線を警部にちらっと向けたあとで、エルジンはクラリッサに言った。「何かご用はございませんか、奥さま」

クラリッサの顔に驚きが浮かんだ。「映画に行ったものと思ってたわ、エルジン」と言うと、警部が彼女に鋭い目を向けた。

「出かけてほどなく戻ってまいりました、奥さま」エルジンは説明した。「家内の気分がすぐれなかったものですから」きまりの悪そうな口調で婉曲につけくわえた。「その――胃の具合がちょっと。何か悪いものを食べたに違いありません」警部から巡査へ視線を移して、エルジンは尋ねた。「何か――あったのでしょうか？」

「あなたのお名前は？」警部が訊いた。

「エルジンと申します」執事は答えた。「なんでもなければよろしいのですが――」

その言葉は警部にさえぎられた。「何者かが警察に電話をよこし、ここで殺人が起きたと言ってきたのです」

「殺人？」エルジンは息をのんだ。

「それに関して何かご存じでしょうか？」

「いえ、何も。何ひとつ存じません」

「では、電話してきたのはあなたではないんですね？」警部はエルジンに尋ねた。

「ええ、ぜったい違います」

「この屋敷に戻ったとき、あなたは裏口から入ってきた――少なくとも、わたしはそう見ていますが」

「さようでございます」エルジンは答えた。びくびくするあまり、これまで以上に恭しい態度になっていた。

「何か変わったことに気づきませんでしたか？」

執事はしばらく考え、それから答えた。「そう言われてみると、厩の近くに見慣れない車が止まっていました」

「見慣れない車？　どういう意味ですか？」

「そのときはどなたの車だろうと首をひねりました」エルジンは思いだしながら言った。

「妙なところに止めてあったものですから」

「誰か乗っていましたか？」

「わたくしが見たかぎりでは、乗っている方はおられませんでした」

「ちょっと見てきてくれ、ジョーンズ」警部は巡査に命じた。

「ジョーンズ！」クラリッサはびくっとして思わず叫んだ。

「は、何か？」警部が彼女のほうを向いた。

クラリッサはすぐさま立ち直った。警部に笑みを向けて小声で言った。「なんでもありません――ただ――おまわりさんがウェールズの方という感じではなかったので」

警部はジョーンズ巡査とエルジンに向かって、出ていくよう身振りで指示した。二人は一緒に部屋を出ていき、そのあとに静寂が広がった。しばらくすると、ジェレミーがソファまで行って腰を下ろし、サンドイッチを食べはじめた。警部は帽子と手袋を肘掛椅子に置くと、大きく息を吸い、集まった面々に語りかけた。

「どうやら」ゆっくりした慎重な口調で警部は話をした。「今夜どなたかが訪ねてこられたようですな。誰なのかはわかりませんが」クラリッサを見た。「来客の予定は本当になかったのですか？」

「ええ、もちろん――ありませんとも」クラリッサは答えた。「お客さまの予定はありませんでした。ご覧のとおり、四人でブリッジをしておりました」

「ほう？」警部は言った。「わたしもブリッジは好きです」

「まあ、そうですの？」クラリッサは相槌を打った。「ブラックウッドもなさいます？」

「わたしが好きなのは、ごくありふれたものです。ところで、ヘイルシャム＝ブラウン夫人、こちらにお住まいになって、さほど長くはなさそうですな？」

「ええ。まだ一カ月半ぐらいです」

警部はクラリッサをじっと見つめた。「で、こちらにいらしてから、何か変わったことはなかったですか？」

クラリッサが返事をする暇もないうちに、ローランド卿が横から言った。「変わったこととおっしゃると、具体的にどのような？」

警部はローランド卿のほうを向いて答えた。「じつは、ちょっと妙な話がありましてね。この屋敷はもともと、セロン氏という骨董商のものでした。その人が半年前に亡くなったのです」

「そうそう」クラリッサは思いだした。「何か事故で亡くなったんでしたわね？」

「そのとおりです」警部は言った。「階段から落ちたんです。頭から真っ逆さまに」ジェレミーとヒューゴのほうへ視線を向けてつけくわえた。「事故死とされました。そうかもしれないし、そうではなかったかもしれません」

「つまり」クラリッサは尋ねた。「誰かに突き落とされた可能性もあると？」

警部は彼女のほうを向いた。「ですね。もしくは、頭をガツンと殴られたとか――」

警部が言葉を切ると、話を聞いていた者たちのあいだで緊張が高まった。沈黙に向かって警部は話を続けた。「何者かがセロン氏の死体に手を加えて、いかにも階段から落ちたように見せかけた可能性もあります」

「この家の階段から？」クラリッサは不安そうに尋ねた。

「いえ、店のほうで起きたんです。もちろん、決定的な証拠は何もなかったのですが——とかく噂のあった人でしてね、セロン氏というのは」

「どんな噂だったんです、警部さん？」ローランド卿が尋ねた。

「そうですな」警部は答えた。「警察に事情を説明せねばならん事態になったことが一度か二度あったようです。また、ロンドンから麻薬取締班がやってきて、セロン氏と話をしたこともあり……」警部はいったん言葉を切り、さらに続けた。「ただ、そういう疑惑があったというに過ぎませんが」

「表向きは、ということですね」ローランド卿が言った。

警部は彼のほうを向いた。「そのとおりです」含みを持たせた言い方をした。「表向きはね」

「だが、裏では——？」ローランド卿は続きを促した。

「あいにく、詳しいことは申し上げられません」警部は答え、さらに続けた。「ただ、いささか妙なことがありましてね。セロン氏の机に書きかけの手紙が置かれ、そこに〝前代未聞の希少な品が手に入った〟と書いてあったのです。また——」ここで警部は言葉を切り、正確な文面を思いだそうとする様子を見せた。「〝偽造品でないことはこの自分が保証する、値をつけるなら一万四千ポンドぐらいだろう〟とも」

ローランド卿は考えこむ表情になった。「うむ、かなりの金額だ。「一万四千ポンドか……」とつぶやいた。声を大きくして続けた。「うむ、かなりの金額だ。はてさて、いったいどんな品だろう？宝石かな。しかし、〝偽造品〟という言葉から考えると——断言はできんが、ひょっとすると絵ではないかね？」

ジェレミーはサンドイッチを食べつづけ、そのあいだに警部は返事をした。「かもしれません。ただ、店のほうには、そんな高値のつきそうな品はひとつもなかったのです。保険のリストでもそれが確認できました。セロン氏には女性の共同経営者がいて、その女性はロンドンに自分の店を持っていますが、〝警察の役には立てそうもありませんし、何も存じません〟と手紙で言ってきました」

ローランド卿はゆっくりうなずいた。「すると、セロン氏は殺された可能性があり、その品は——何かはわかりませんが——盗まれたとも考えられるわけですね」

「おそらくそうではないかと……」警部は同意した。「ただ、盗みを企んだ人物は、もしかしたらその品を見つけられなかったのかもしれません」

「なぜそうお考えなのです？」ローランド卿は尋ねた。

「じつは」警部は答えた。「その後、店が二回も荒らされているのです。何者かが押し入って家捜ししていきました」

クラリッサは困惑の表情になった。「なぜそこまで話してくださるんです？」と尋ねた。

「なぜかと申しますと、ヘイルシャム＝ブラウン夫人」クラリッサのほうを向いて、警部は言った。「セロン氏が何を隠したかはわかりませんが、その品はメイドストーンの店ではなく、ここに、このお屋敷に隠してあるのではないかと、ふと思ったものですから。何か変わったことはなかったかと先ほどお尋ねしたのも、じつはそれが理由だったのです」

不意に何か思いだしたかのように片手を上げて、クラリッサは興奮の口調で言った。

「そういえば、今日、誰かから電話があって、〝ブラウン夫人を〟というのでわたしが出たら、すぐに切れてしまいました。それもなんだか妙でしょう？」ジェレミーのほうを向いてつけくわえた。「あ、そうだわ。ほら、先日、男の人が訪ねてきて、この家の品を買おうとしたわよね――チェックのスーツを着た、競馬が好きそうな感じの人。あの机を買いたいと言って……」

警部は部屋を横切って机を見にいった。「ここにあるやつですね？」

「ええ」クラリッサは答えた。「もちろん、わたしどもの品ではないのでお売りできませんって言ったのですが、向こうは信じようとしないんです。かなりの値段をつけてきました。そこまでの値打ちなんてない品なのに」

「じつに興味深いお話ですな」机を調べながら警部が言った。「こういう机にはよく秘密の引出しがついているものですが」

「ええ、その机にもあります」クラリッサは警部に言った。「でも、これといって目ぼしい品は入っていませんでした。古いサインがいくつかあっただけで」

警部は興味を示した。「古いサインには莫大な値のつくものもあるようです。誰のサインでした？」

「はっきり申し上げておきますが、警部さん」ローランド卿が答えた。「希少な品はいっさいなくて、せいぜい一ポンドか二ポンド程度のものでした」

廊下のドアが開いてジョーンズ巡査が入ってきた。小冊子のようなものと手袋を持っていた。

「どうだった、ジョーンズ？　それはなんだ？」警部が尋ねた。

「車を調べてきました、警部。運転席に手袋があっただけです。それと、サイドポケットからこの車の登録証が出てきました」ジョーンズ巡査は警部に登録証を渡し、クラリッサは巡査の強烈なウェールズ訛りを耳にして、ジェレミーと笑みを交わした。

警部が車の登録証を調べた。「オリヴァー・コステロ、二十七歳、モーガン・マンションズ、ロンドンSW3」と読み上げた。それからクラリッサのほうを向き、鋭く尋ねた。「コステロという人物が今日ここに来たんですね？」

第十一章

四人の仲間はうしろめたい思いで、こっそり視線を交わした。クラリッサとローランド卿の両方が返事をでっち上げようとするかに見えたが、じっさいに返事をしたのはクラリッサだった。「ええ」仕方なく認めた。「コステロさんがここに来たのは、ええと――」言葉を切り、それから「何時だったかしら」と言ってさらに続けた。「そうだわ、六時半ごろでした」

「あなたのお友達ですか？」警部はクラリッサに尋ねた。

「いいえ、友達だなんてとんでもない」クラリッサは答えた。「一度か二度、顔を合わせただけですし」わざと、ばつの悪そうな顔をして、ためらいがちに言った。「じつは――ちょっと複雑な事情がありまして――」〝あとはお願い〟と言わんばかりに、訴えるような目をローランド卿に向けた。

クラリッサの無言の頼みに、ローランド卿はすぐさま応じた。「警部さん、わたしから事情を説明したほうがよさそうですな」

「お願いします」警部はいささかそっけなく答えた。

「事情というのは」ローランド卿は話を続けた。「ヘイルシャム＝ブラウン氏の前の夫人に関することなのです。夫人は一年と少し前に氏と離婚し、最近、オリヴァー・コステロ氏と再婚しました」

「なるほど」警部は言った。「そして、コステロ氏が今日ここにやってきた」クラリッサのほうを向いた。「なぜです？　約束でもあったんですか？」

「とんでもない」クラリッサはすらすらと答えた。「じつを言うと、前夫人のミランダが離婚したとき、自分のものではない品を一点か二点持って出てしまいましたの。オリヴァー・コステロさんがたまたまこのあたりに来たついでに、それをヘンリーに返そうとして寄ってくれたわけです」

「どのような品ですか？」警部はすぐさま尋ねた。

この質問に対してはクラリッサも用意ができていた。「たいしたものじゃありません」笑顔で答えた。ソファのそばのテーブルから小さな銀の煙草入れをとり、警部のほうへかざしてみせた。「返してもらった品のひとつです。夫の母が使っていたもので、夫は形見としてとても大切にしておりました」

警部は反射的にクラリッサにちらっと目をやり、それから尋ねた。「コステロ氏が六時半に訪ねてきたとき、ここにどれぐらいいたのでしょう？」

「そうですね、わずかな時間でした」煙草入れをテーブルに戻しながら、クラリッサは答えた。「急いでいると言っていました。十分ぐらいだったかしら。せいぜいその程度です」

「で、氏とのやりとりは和気藹々（わきあいあい）とした感じでしたか？」警部は尋ねた。

「ええ、もちろん」クラリッサは断言した。「わざわざ返しに来てくれるなんて、ほんとに親切な人だと思いました」

警部はしばらく考えこみ、それから言った。「お宅を出るとき、そのあとどこへ行くか言っていませんでしたか？」

「いいえ」クラリッサは答えた。「じつは、そちらのドアから出ていったのですが」フレンチドアのほうを身ぶりで示して話を続けた。「ちょうど、うちで庭師をしているミス・ピークが来ていて、庭の先の門まで案内しようと言ってくれました」

「お宅の庭師ですか――こちらに住んでいるのでしょうか？」

「ええ、そうです。でも、この邸内ではありません。敷地内にあるコテージで寝起きしています」

「その人にも話を聞いてみたいですな」警部はそう決めると、巡査のほうを向いた。「ジョーンズ、呼んできてくれ」

「そちらのコテージには電話で連絡できます。わたしから電話しましょうか、警部さん」クラリッサは提案した。

「お手数でなければぜひ、ヘイルシャム＝ブラウン夫人」警部は答えた。

「喜んで。ベッドにはまだ入っていないと思います」クラリッサはそう言って電話のボタンを押した。笑顔を向けられて、警部は照れくさそうな顔になった。ジェレミーはひそかに微笑して、サンドイッチをまたひと切れとった。

クラリッサは電話に向かって言った。「もしもし、ミス・ピークね。ヘイルシャム＝ブラウン夫人よ……ちょっと来てもらえないかしら。とんでもないことが起きたの……ええ、わかりました。もちろんそれで大丈夫よ。ありがとう」

受話器を戻して警部のほうを向いた。「ミス・ピークは髪を洗ったところなんですって。でも、着替えてすぐ来てくれるそうです」

「助かります」警部は言った。「次にどこへ行く予定か、コステロ氏がその方に言ったかもしれませんし」

「ええ、たしかに。たぶんそうね」クラリッサは同意した。

警部は困惑の表情だった。「気になってならないのですが」室内の全員に向かって言った。「コステロ氏の車がいまもここにあるのはなぜでしょう? コステロ氏はどこにいるんです?」

クラリッサは思わず書棚とパネルに目をやり、それからミス・ピークはまだかとフレンチドアのほうへ歩いた。クラリッサの視線に気づいたジェレミーが何食わぬ顔でソファにすわりなおし、脚を組むあいだに、警部が話を続けた。「どうやら、コステロ氏と最後に会ったのはそのミス・ピークだったようですね。あのフレンチドアから出ていったと言われるのですね。氏が出ていったあと、ドアに鍵をかけましたか?」

「いいえ」警部に背を向けてフレンチドアのところに立ったまま、クラリッサは答えた。

「ほう?」

警部の口調に何かひっかかるものを感じて、クラリッサはそちらを向いた。「あの──たぶん、かけなかったと思います」ためらいがちに言った。

「すると、コステロ氏がそこからまた入ってきたかもしれませんな」警部は大きく息を吸い、もったいぶって言った。「ヘイルシャム=ブラウン夫人、許可がいただければ、邸内を調べてみたいのですが」

「どうぞどうぞ」クラリッサはにこやかな笑みで応じた。「ええと、この部屋はもうごらんになりましたわね。人が身を隠せるような部屋ではありません」一瞬、カーテンを開いてミス・ピークを待つような顔をし、それから大声で言った。「ごらんになって！　この先に書斎がありますの」書斎まで行き、ドアをあけて警部に勧めた。「入ってみます？」

「どうも」警部は言った。「ジョーンズ！」巡査と二人で書斎に入りながら、警部はつけくわえた。「あのドアがどこへ通じているのか調べてくれ」書斎を入ったところにあるドアを指さした。

「承知しました、警部」巡査は答え、そのドアを通り抜けた。

二人が声の届かないところへ遠ざかったとたん、ローランド卿がクラリッサに近づいた。「この奥には何がある？」パネルを身ぶりで示してひそやかな声で尋ねた。

「書棚よ」クラリッサは簡潔に答えた。

ローランド卿がうなずき、無頓着（むとんちゃく）な様子でソファのほうへ歩くあいだに、巡査の声が聞こえてきた。「このドアも廊下に通じているだけです」

警部と巡査が書斎から戻ってきた。「よし」警部が言った。ローランド卿のほうを見て、場所を移動したことに気づいたようだった。「さて、お屋敷の残りの部屋も調べさせていただきます」と宣言して、廊下のドアまで行った。

「ご迷惑でなければ、わたしも一緒にまいります」クラリッサは言った。「幼い継娘が目をさまして怯えるといけませんので。もっとも、目をさます心配はなさそうですけど。子供って驚くほど熟睡しますものね。起こそうと思ったら、揺すぶらなくてはなりません」

廊下のドアを開く警部に、クラリッサは尋ねた。「お子さんはいらっしゃいますの、警部さん？」

「息子と娘が一人ずつ」警部はそっけなく答えながら部屋を出て、廊下を横切り、階段をのぼりはじめた。

「まあ、すてきですね」クラリッサは言った。巡査のほうを向いた。「ジョーンズさん」声をかけ、お先にどうぞと身ぶりで示した。巡査が部屋を出ていったので、クラリッサもすぐあとに続いた。

二人がいなくなったとたん、部屋に残された三人は顔を見合わせた。ヒューゴは両手の汗を拭い、ジェレミーは額を拭いた「さて、どうします？」次のサンドイッチを手にとりながら尋ねた。

ローランド卿は首を横にふった。「どうも気に食わん。深みにはまりつつある」

「わたしの意見を言わせてもらえば」、ヒューゴが助言した。「とるべき方法はひとつしかない。本当のことを話すんだ。手遅れにならないうちに正直に白状しよう」

「まさか。そんなの無理ですよ」ジェレミーが叫んだ。「クラリッサを裏切ることになってしまいます」

「しかし、このまま続けたら、クラリッサの立場はいっそう悪くなる」ヒューゴは強く言った。「死体をどうやって運びだせばいい？　やつの車は警察が押収するだろうし」

「ぼくの車を使えばいい」ジェレミーが提案した。

「いや、それはよくない」ヒューゴは譲らなかった。「ぜったいよくない。いいかね、わたしはこの地域の治安判事なんだぞ。地元警察でどんな評判を立てられるかを考えねばならん」そう言ってローランド卿のほうを向いた。「そちらの意見はどうだね、ローリー？　きみはとても分別のある人だ」

ローランド卿は憂慮の色を浮かべた。「正直なところ、わたしもよくないと思う。だが、この件に協力すると個人的に約束してしまったのでね」

ヒューゴの顔に当惑が浮かんだ。「きみという人間が理解できない」

「とにかく、わたしを信じてくれたまえ、ヒューゴ」ローランド卿は言った。いかめしい顔で二人の男性を見て、それから続けた。「われわれはいま、窮地に追いこまれている。われわれ全員が。しかし、みんなで力を合わせて、運に恵まれれば、なんとか切り抜けるチャンスはあると思う」

ジェレミーが何か言おうとするかに見えたが、ローランド卿が片手を上げてさえぎり、話を続けた。「コステロはこの家にいないと警察が納得すれば、ここからひきあげて、どこかよそを捜すだろう。コステロが車を置いてどこかへ歩いていったとすれば、その理由はいくらでもあるからね」二人のほうを身ぶりで示してつけくわえた。「われわれはみな、社会的地位のある人間だ——ヒューゴはさきほど当人が言ったように治安判事だし、ヘンリー・ヘイルシャム＝ブラウンは外務省の高官だし——」

「そうとも。そして、きみには非の打ちどころのない立派な経歴があり、われわれ全員がそれを知っている」ヒューゴが横から言った。「よし、いいだろう。きみがそう言うなら、とことんつきあうとしよう」

ジェレミーが立ち上がり、パネルの奥に向かってうなずいてみせた。「あれを直ちになんとかできないんですか？」

「いまは時間がない」ローランド卿はそっけなく断言した。「あの二人がいつなんどき戻ってくるかわからない。そのままにしておいたほうが安全だ」

ジェレミーもしぶしぶ、同意のうなずきを見せた。「クラリッサはたいしたものだと言うしかないですね。冷静そのものだ。あの警部を手なずけてしまった」

玄関ドアのベルが鳴った。「きっとミス・ピークだ」ローランド卿が言った。「玄関に出てミス・ピークを通してくれるかね、ウォレンダー？」

ジェレミーが部屋を出ていくと、ヒューゴがすぐさまローランド卿を手招きした。

「いったいどうなってるんだ、ローリー？」切迫した様子で声をひそめて、ヒューゴは尋ねた。「クラリッサに何を言われた？　さっき、二人きりで話をしたときに」

ローランド卿は答えようとしたが、玄関で挨拶を交わすジェレミーとミス・ピークの声が聞こえてきたので、「いまはまずい」と身ぶりで伝えた。

「ここから入ってもらったほうがいいと思います」ジェレミーがミス・ピークに言いながら玄関ドアを勢いよく閉めた。しばらくすると、ミス・ピークが彼の先に立って客間に入ってきた。あわてて着替えてきたように見える。頭にタオルを巻いていた。

「どうしたんです？」ミス・ピークは尋ねた。「ヘイルシャム＝ブラウン夫人から電話をもらったんだけど、わけがわからなくて。何かあったんですか？」

ローランド卿がこのうえなく丁重に、ミス・ピークに声をかけた。「いきなりお呼び立てして、まことに申し訳ありません」と謝った。「どうぞおかけください」ブリッジテーブルのそばの椅子を指さした。

ヒューゴがミス・ピークのために椅子をひき、ミス・ピークは礼を言った。次にヒューゴはもっと快適な安楽椅子にすわり、そのあいだにローランド卿がミス・ピークに知らせた。「じつを申しますと、警察がここに来ておりまして――」

「警察？」ミス・ピークは驚いた様子で口をはさんだ。「泥棒に入られたんですか？」

「いや、泥棒ではないのですが――」

クラリッサと警部と巡査が客間に戻ってきたため、ローランド卿は話すのをやめた。ジェレミーはソファにすわり、ローランド卿はソファのうしろに立った。

「警部さん」クラリッサが言った。「こちらがミス・ピークです」

警部はミス・ピークのところまで行った。「すみませんね、ミス・ピーク」と言いながら、しゃちほこばって軽く頭を下げた。

「どうも、警部さん」ミス・ピークは答えた。「いま、ローランド卿にお尋ねしてたとこなんですけど――泥棒でも入ったんですか？」

警部は鋭い目で彼女を見つめ、しばらく時間を置いてから答えた。「警察にちょっと妙な電話が入りましてね。それでこちらに駆けつけたわけです。あなたからお話を伺えば何かわかるかもしれないと思っているのですが」

第十二章

警部がそう言うと、ミス・ピークは陽気な笑い声を上げた。「あらあら、謎めいてますね。なんだかおもしろそう」楽しげに言った。

警部は渋い顔をした。「コステロ氏に関することなんです」説明を始めた。「オリヴァー・コステロ氏、二十七歳、住所はロンドンSW3のモーガン・マンションズ。たしか、チェルシー区だと思います」

「そんな人、聞いたこともありません」というのが、ミス・ピークのぶっきらぼうな返事だった。

「今日の夕方、ここに来た人ですよ。ヘイルシャム=ブラウン夫人を訪ねて」警部は彼女に説明した。「そして、あなたが庭を抜けて外まで氏を案内なさったはずだ」

ミス・ピークは自分の太腿をぴしゃっと叩いた。「ああ、あの人ね。たしかに奥さんから名前を聞いてます」これまでより多少興味のありそうな顔を警部に向けた。「で、何をお尋ねになりたいんです？」

「わたしが尋ねたいのはですね」警部はゆっくりと慎重にミス・ピークに語りかけた。「何があったのか、コステロ氏の姿を最後にご覧になったのはいつだったか、ということです」

ミス・ピークはしばらく考えてから答えた。「ええと……二人でそこのフレンチドアから出て、〝バスに乗るんだったら近道がありますよ〟ってあたしが言ってあげました。すると、あの人、〝いや、いい。車で来たから。厩の角を曲がったところに置いてある〟って答えました」

ミス・ピークはにこやかな顔で警部を見た。何があったかを簡潔に説明したので褒めてもらえると思っている様子だったが、警部のほうは考えこみながらこう答えただけだった。「車を置いてくるにはいささか妙な場所ではありませんかな？」

「あたしもそう思ったんです」ミス・ピークはうなずき、そう言いながら警部の腕をぴしゃっと叩いた。警部はびっくりしたようだが、ミス・ピークはかまわず続けた。「ふつうだったら車で玄関に乗りつけると思うでしょう？　でも、世の中には変わった人もいますからね。何を始めるやら傍の者にはわかりませんよ」そう言って馬鹿笑いをした。

「で、そのあとどうなりました？」警部は尋ねた。

ミス・ピークは肩をすくめた。「そうね、車のほうへ歩いてったから、車で走り去ったんだと思います」と答えた。

「その目でご覧になったわけではないんですね？」

「ええ――庭仕事の道具を片づけてましたから」というのがミス・ピークの返事だった。

「で、それが氏の姿を見た最後だったわけですね？」語調を強めて警部は尋ねた。

「ええ。なんでですか？」

「なぜなら、氏の車がそこに置かれたままだからです」警部は彼女に言った。ゆっくりと、強い口調でさらに続けた。「七時四十九分に警察に電話が入り、コップルストーン邸で男性が殺されたと言ってきました」

ミス・ピークは愕然（がくぜん）とした。「殺された？」と叫んだ。「ここで？　そんなバカな！」

「みなさん、そう思っておられるようです」警部はそっけなく言いながら、ローランド卿に意味ありげな視線を向けた。

「もちろん」ミス・ピークはさらに続けた。「女を襲う変質者がたくさんうろついてるのは、あたしだって知ってますよ――けど、男が殺されたっていうんですか――」

警部は彼女の言葉をさえぎった。「今夜、ほかの車の音を聞いたりしませんでしたか？」そっけなく尋ねた。

「旦那さまの車の音なら」

「ヘイルシャム＝ブラウン氏の車？」警部は眉を上げて問いただした。「たしか、今夜はお帰りが遅くなるという話でしたが」

警部の視線がクラリッサのほうへ向いたので、クラリッサはあわてて説明した。「夫はたしかに一度帰宅いたしました。すぐまた出かけなくてはならなかったのです」

警部はわざと忍耐強い表情を浮かべた。「ほう、そうですか？」嫌みなほど丁寧な口調で言った。「帰宅なさったのは正確には何時でした？」

「ええと――」クラリッサはしどろもどろになってきた。「あれはたしか――」

「あたしの作業が終わる十五分ほど前でした」ミス・ピークが横から言った。「あたしはけっこう遅くまで働いてましてね、警部さん。決められた時間をつい忘れてしまうんです。仕事はまじめにしなきゃいけない。それがあたしのモットーでして」テーブルを叩きながら話を続けた。「ええ、旦那さまが帰ってらしたのは七時十五分ぐらいだったはずです」

「コステロ氏が出ていったしばらくあとですね」警部は意見を述べた。部屋の中央へ移動し、話の続きに入った瞬間、態度がごくわずかに変化した。「コステロ氏とヘイルシャム＝ブラウン氏はおそらくすれ違ったことでしょう」

「それってつまり」ミス・ピークが考えこみながら言った。「その人が戻ってきたってことですか？　旦那さまに会うために」

「コステロさんはぜったいここには戻っておりません」クラリッサが尖った声で割りこんだ。

「あら、そうとは言いきれませんよ、奥さん」ミス・ピークが反論した。「奥さんが知らないうちに、そこのフレンチドアから入りこんだかもしれないし」いったん言葉を切り、それから叫んだ。「まさか！　あの男が旦那さまを殺したとでも思ってんじゃないでしょうね？　あ、あら、すいません」

「もちろん、あの人はヘンリーを殺してなんかいません」クラリッサはいらいらしながらピシッと言った。

「ご主人はここを出たあと、どこへいらしたのでしょう？」警部がクラリッサに尋ねた。

「存じません」クラリッサは不愛想に答えた。

「ふだんから行き先をおっしゃらない方なんですか？」警部は執拗だった。

「こちらからあれこれ問いただすようなまねはいたしません」クラリッサは答えた。

「妻がいつもしつこく問いただせば、男の人はうんざりするに決まってますもの」

だした。

ミス・ピークが不意に金切り声を上げた。「やだ、あたしったらなんてバカなんだろ。あの男の車がまだここにあるのなら、殺されたのはあの男ってわけですね」大声で笑いだした。

ローランド卿が立ち上がった。「誰かが殺されたなどという根拠は何もないのですぞ、ミス・ピーク」威厳たっぷりに彼女をたしなめた。「事実、警部さんだってくだらないいたずらだと思っておいでだ」

ミス・ピークはどうも同じ意見ではなさそうだった。「でも、車が……」と言い張った。「いまもここにあるなんて、すごく怪しいと思いますけど」立ち上がって警部に近づいた。「死体はもう捜したんですか、警部さん？」熱のこもった口調で尋ねた。

「警部さんがすでに家じゅう捜してまわった」警部が何を言う暇もないうちに、ローランド卿が答えた。お返しに警部から険しい視線を向けられたが、いまやミス・ピークは警部の肩をポンポン叩きながら自分の意見を披露していた。

「あのエルジンって夫婦が何か関係してるに決まってます――執事と、自分を料理番と呼んでる妻が」ミス・ピークは警部に向かって自信たっぷりに断言した。「あたしはずいぶん前からあの二人を疑ってたんです。さっきここに来る途中でも、寝室の窓に明かりが見えました。それだけだって怪しいですよ。今夜はあの夫婦の外出日で、いつもなら十一時をかなり過ぎないと帰ってこないのに」ミス・ピークは警部の腕をぎゅっとつかんだ。「あの夫婦の部屋も調べました？」切迫した声で尋ねた。

警部は何か言おうとして口を開きかけたが、ミス・ピークがまたしても警部の肩を叩いてさえぎった。「ねえ、聞いてくださいよ。エルジンが前科者だってことにあのコステロ氏が気づいたとしたら？　また戻ってきて、エルジンのことを旦那さまに警告しようとしたのかもしれない。だから、エルジンに殺されたんです」

ミス・ピークは自分の意見に大満足の様子で室内を見まわし、さらに説明を続けた。「で、もちろん、エルジンは死体をどこかに急いで隠さなきゃいけない。夜遅くなってから処分できるようにね。はてさて、どこに隠したのやら？」自分の説にご満悦で、気どって尋ねた。フレンチドアのほうを指しながら言いはじめた。「カーテンの陰か、あるいは――」

怒りの声で割りこんできたクラリッサに、ミス・ピークの意見はさえぎられた。「もうっ、いい加減にしてちょうだい、ミス・ピーク。どのカーテンの陰にも、誰も隠れてはいません。それから、エルジンが人を殺すなんてありえません。ばかばかしくて話にならないわ」

ミス・ピークがふりむいた。「人を信用しすぎですよ、奥さん」屋敷の女主人をたしなめた。「あたしぐらいの年になれば、奥さんにもわかりますよ。人は見かけによらないことがずいぶんあるものだって」大笑いしながら、ふたたび警部のほうを向いた。

警部は何か言おうとして口を開いたが、またしてもミス・ピークに肩を叩かれた。

「さてと、エルジンのような男が死体を隠すとしたらどこを選ぶでしょうね？　この部屋と書斎のあいだに押し入れみたいな場所がありますよ。そこはもう調べたんですか、警部さん？」

ローランド卿があわてて口をはさんだ。「ミス・ピーク、警部さんはこの部屋と書斎の両方をすでに調べておいでだ」と強く言った。

ところが、警部はローランド卿に意味ありげな視線を向けたあとで、ミス・ピークのほうを向いた。「〝押し入れみたいな場所〟というのは、具体的にはどういう意味でしょう、ミス・ピーク？」

部屋にいるほかの者たちが全員、かなりの緊張を示すなかで、ミス・ピークは返事をした。「いえね、かくれんぼをするのにぴったりのご機嫌な場所なんです。あそこにそんなものがあるなんて、誰も夢にも思いませんよ。ほら、お見せしましょう」

ミス・ピークがパネルのほうへ行くと、警部があとに続いた。ジェレミーが椅子から立つと同時に、クラリッサが「やめて」と荒々しく叫んだ。

警部とミス・ピークの両方がふりむいて彼女を見た。「そこには何もありません」クラリッサは二人に言った。「なぜ知っているかというと、そこを通って書斎へ行ったばかりですもの」

クラリッサの声が小さくなって消えた。ミス・ピークが落胆のつぶやきを漏らした。「あら、そうですか。だったら――」そう言ってパネルから離れた。ところが、警部が彼女を呼び戻した。「いや、やはり見せてもらいましょう、ミス・ピーク」と命じた。「ぜひ見ておきたい」

ミス・ピークは書棚のところへ行った。「もともとは扉だったんです」と説明した。「向こうにある扉と対になってました」そう言いながらレバーを動かした。「こうしてレバーを下げると、扉が開く仕掛けなんです。ほら、ねっ？」

パネルが開き、オリヴァー・コステロの死体が倒れてうつ伏せになった。ミス・ピークが悲鳴を上げた。

「ほほう」警部はクラリッサに厳しい視線を向けながら言った。「思い違いをされていたのですね、ヘイルシャム＝ブラウン夫人。どうやら今夜ここで殺人があったようだ」

ミス・ピークの悲鳴が最高潮に達した。

第十三章

十分後、ミス・ピークが部屋からいなくなったおかげで、いくらか静かになった。ついでに言っておくと、ヒューゴもジェレミーもいなくなっていた。しかしながら、オリヴァー・コステロの死体は開いたパネルの奥のスペースに倒れたままだ。クラリッサはソファにぐったりもたれ、ローランド卿が横にすわって、手にしたブランデーを飲ませようとしていた。警部は電話の最中で、ジョーンズ巡査は見張りを続けていた。

「うん、うん――」警部が言っていた。「なんだと？　ひき逃げ？　現場はどこだ？――うむ、わかった――よし、では大至急そっちへ人をやってくれ――うん、写真もほしい――うん、必要なものはすべて」

警部は受話器を戻し、巡査のところへ行った。「いっきに大変な騒ぎだ」巡査に愚痴をこぼした。「この何週間か平穏無事だったのに、検死を担当する医者は車の事故の現場へ行ってしまった――ロンドンへ向かう道路でひき逃げがあったそうだ。これじゃかなり遅れるだろう。だが、医者が来るまでのあいだ、こっちもできるだけのことをやっておかねば」死体のほうを指し示した。「写真を撮り終えるまで動かさんほうがいいだろう。もっとも、写真を見たところで何もわかるまいが。ここで殺されたわけではない。殺害後にここに運びこまれたのだ」

「どうしてそこまで断言できるんです？」巡査が尋ねた。

警部はカーペットを見下ろした。「死体の足がひきずられた跡が見えるだろ」指で示してから、ソファのうしろにしゃがみこんだ。巡査もそばで膝をついた。

ローランド卿はソファの背中越しに覗きこみ、それからクラリッサのほうを向いて尋ねた。「気分はどうだね？」

「少しよくなったわ、おじさま」クラリッサは弱々しく答えた。

警部と巡査が立ち上がった。「書棚のところの扉は閉めておいたほうがいいだろう」

警部が巡査に指示をした。「これ以上誰かにヒステリーを起こされてはかなわん」

「承知しました」巡査は答えた。パネルを閉めたので、死体は見えなくなった。そのあいだにローランド卿がソファから腰を上げ、警部に声をかけた。「ヘイルシャム＝ブラウン夫人はひどいショックを受けています。自分の部屋で寝かせたほうがいいと思いますが」

警部は丁重ながらも条件つきの返事をした。「たしかにそうですね。ただ、しばらくお待ちいただきましょう。先に夫人に二、三お尋ねしたいことがあります」

ローランド卿は食い下がろうとした。「夫人は目下、質問に答えられるような状態ではありません」

「大丈夫よ、おじさま」クラリッサが横から弱々しく言った。「ほんとに大丈夫」

ローランド卿はクラリッサに声をかけた。警告の口調だった。「なんとも健気な子だね。だが、まじめな話、部屋に戻って少し横になったほうが賢明だと思う」

「ローリーおじさま」クラリッサは笑顔で答え、警部に向かって言った。「わたし、ときどき、この人をローリーおじさまって呼ぶんです。血のつながったおじではなくて、わたしの後見人なんですけど。でも、いつもとても優しくしてくれます」

「でしょうな。見ればわかります」というのが警部のそっけない返事だった。

「なんでもお尋ねください、警部さん」クラリッサは優雅な口調で続けた。「ただ、残念ながら、あまりお役に立てそうもありません。この騒ぎに関して、わたしは何ひとつ存じませんもの」

ローランド卿はため息をつき、軽く頭を横にふって顔を背けた。

「さほどお手間はとらせません、奥さん」警部は請け合った。書斎のドアまで行き、開いたドアを支えて、ローランド卿に声をかけた。「書斎でお待ちいただけますか。ほかの方々と一緒に」

「わたしはここにいたほうがいいと思いますが。何かあったときのために——」ローランド卿は言いかけたが、警部にさえぎられた。警部の口調はこれまでより断固たるものになっていた。「必要なときにはお呼びします。書斎へどうぞ」

しばし視線の火花を散らしたのちに、ローランド卿は敗北を認めて書斎に入った。警部は書斎のドアを閉め、椅子にすわって記録をとるよう巡査に無言で合図をした。クラリッサはソファにのせていた足をおろしてすわりなおし、巡査はノートと鉛筆をとりだした。

「さて、ヘイルシャム＝ブラウン夫人」警部が質問にとりかかった。「よろしければ、始めさせていただきます」ソファのそばのテーブルから煙草入れの箱をとると、裏を見てから蓋をあけ、そこに入っている煙草を見た。

「ローリーおじさまはいつもわたしを庇おうとしてくれるんです」クラリッサは魅惑的な笑みを浮かべて警部に言った。やがて、警部が煙草入れの箱をいじっているのを見て、心配になった。「まさか拷問なさる気じゃないでしょうね？」冗談っぽい響きにしようとしながら尋ねた。

「そのようなことは考えてもおりません、奥さん、ご安心ください。いくつか簡単な質問をするだけです」警部は巡査のほうを向いた。「用意はいいかね、ジョーンズ？」と言いながら、ブリッジテーブルの椅子をひとつひきだして向きを変え、クラリッサのほうを向いてすわった。

「準備はできてます、警部」ジョーンズ巡査が答えた。

「よし。それでは、ヘイルシャム＝ブラウン夫人、あのスペースに死体が隠されていたことはまったく知らなかったと言われるのですね？」

巡査が記録をとりはじめるあいだに、クラリッサは目を大きく開いて答えた。「ええ、もちろんです。ぞっとするわ」身を震わせた。「ほんとにぞっとします」

警部は不審そうに彼女を見た。「われわれがこの部屋を調べていたとき、奥にあるあのスペースのことをどうして教えてくれなかったんです？」

クラリッサは無邪気に目を見開いて警部の視線を受け止めた。「だって、まったく思い浮かばなかったんですもの。一度も使ったことのないスペースなので、すっかり忘れておりました」

警部はその言葉に飛びついた。「だが、さっき言われましたね」とクラリッサに思いださせた。「そこを通って書斎へ行ったばかりだと」

「あら、違います」クラリッサはあわてて叫んだ。「きっと思い違いをなさったのね」書斎のドアを指差した。「あのドアを通って書斎に入ったと申し上げたんです」

「なるほど、たしかにわたしの思い違いだったようだ」警部は不機嫌な声で言った。

「では、とりあえず、ひとつの点をはっきりさせておきましょう。コステロ氏がいつこの屋敷に戻ってきたのか、いったいなんの用があったのか、奥さんはまったく知らないと言われるのですね?」

「ええ、想像もつきません」クラリッサは答えた。純真無垢(むく)さが滴り落ちそうな声だった。

「だが、コステロ氏が戻ってきたという事実は残ります」警部は執拗だった。

「ええ、もちろん。それはわかっています」

「ならば、氏には何か理由があったに違いない」警部は指摘した。

「そうでしょうね」クラリッサも同意した。「でも、いったいどんな理由があったのか、わたしには見当もつきません」

警部はしばし考えこみ、次に別の方向から探ろうとした。「ひょっとすると、お宅のご主人に会おうとしたのではないでしょうか?」

「まさか」クラリッサはすぐさま答えた。「そんなはずはありません。ヘンリーとコステロさんはおたがいにまったく好意を持っておりません」

「ほう！」警部は大声を上げた。「まったく好意を持っていなかった。それは知りませんでした。喧嘩でもしたんですか？」

危険をはらんだ新たな尋問の展開を阻止しようとして、クラリッサはふたたび急いで言った。「まさか。いえ、喧嘩などしておりません。夫はただ、階級が違うと思っていただけです」魅惑的な笑みを浮かべた。「男の人っておかしなものですね」

警部の表情からすると、自分自身はその方面のことには疎(うと)いと言いたげだった。「あなたに会いに戻ってきたわけではないと断言できますか？」ふたたび尋ねた。

「わたしに？」クラリッサは無邪気にくりかえした。「とんでもない、そんなわけはありません。どんな理由があるというんです？」

警部は深く息を吸った。次に、ゆっくりとわざとらしい口調でクラリッサに尋ねた。

「コステロ氏が会いに来そうな相手が、ほかに誰かこのお宅にいませんか？　答える前にじっくり考えてください」

クラリッサはまたしても、きょとんとした無邪気な顔を警部に向けた。「さあ、思い当たりませんけど」と言い張った。「ほかに誰がいるとおっしゃるの？」

警部は立ち上がると、椅子の向きを変えてブリッジテーブルに戻した。次に、室内をゆっくり歩きまわりながら考えはじめた。「コステロ氏がここに来る。そして、ヘイルシャム＝ブラウン氏の最初の奥さんがうっかり持ち去ってしまった品物を返す。それから暇を告げる。ところが、ふたたび屋敷に戻ってくる」

警部はフレンチドアまで行った。「おそらく、ここから入ってきたのでしょう」ドアのほうを指さして話を続けた。「殺される――そして、死体はあのスペースに押しこめられる――十分から二十分ぐらいのあいだに」

ふたたびクラリッサのほうを向いた。「なのに、誰も何も聞いていない？」尻上がりの口調で話を終えた。「どうにも信じられませんな」

「たしかに」クラリッサも同意した。「わたしだって信じられません。まったく妙なこともあるものですわね」

「おっしゃるとおりです」警部はうなずいた。皮肉たっぷりの口調だった。最後にもう一度念を押した。「ヘイルシャム＝ブラウン夫人、本当に何も耳にしておられないんですね？」尖った声で尋ねた。

「物音はいっさい耳にしておりません。まったく不思議ですこと」

「不思議すぎます」警部はむっつりと言った。黙りこみ、それから廊下のドアまで行って開いた。「まあ、いまのところはこれだけです、ヘイルシャム＝ブラウン夫人」

クラリッサは立ち上がると、やや足早に書斎のドアのほうへ行こうとしたが、警部にさえぎられた。「あ、そちらはだめです」警部はクラリッサに指示し、廊下のドアのほうに呼んだ。

「でも、あの、みんなと一緒にいたいんですが」クラリッサは抵抗した。

「申しわけないが、あとにしてください」警部はそっけなく言った。

クラリッサは気が進まないながらも、廊下のドアから出ていった。

第十四章

警部はクラリッサの背後で廊下のドアを閉めてから、いまもノートに書きこみを続けているジョーンズ巡査のところへ行った。「もう一人の女はどこだ？　庭師の。ミス——ええと——ピークだったかな？」

「客用寝室のベッドに寝かせてきました」巡査は警部に報告した。「ヒステリーの発作が治まってからです。しばらく付き添ってて、さんざんな目にあいました。あの女ときたら、大笑いするやら、物騒なことを叫ぶやら、ほんとに手こずりましたよ」

「ヘイルシャム＝ブラウン夫人があの女のところへ行って話し相手になるのはかまわんが、ほかの三人の男とは話をさせるんじゃないぞ。口裏を合わせたり、何か吹きこんだりすることのないように。書斎から廊下へ出るドアには鍵をかけておいただろうな？」

「はい、警部」巡査は請け合った。「鍵はここにあります」

「連中のことがどうにも理解できん」警部は巡査に打ち明けた。「全員、かなりの地位にある連中だ。ヘイルシャム＝ブラウンは外務省の高官、ヒューゴ・バーチはわれわれも顔見知りの治安判事、そして、あと二人の客も立派な上流階級に見える――なあ、何を言いたいのか、きみにもわかるはずだ……しかし、どこか胡散臭いものが感じられる。警察に率直に話をしてくれる者が一人もいない――ヘイルシャム＝ブラウン夫人も含めてな。みんなで何か隠している。この殺人事件に関係したことであろうとなかろうと、わたしの手でそれを突き止めてやるつもりだ」

警部は天の啓示を求めるかのように、頭上へ両腕を伸ばし、それから巡査に声をかけた。「よし、捜査にとりかかったほうがよさそうだ。一人ずつ調べていくとしよう」

巡査が立ち上がった瞬間、警部は考え直した。「いや。ちょっと待て。まず、あの執事から話を聞くことにする」と決めた。

「エルジンですか？」

「そう、エルジンだ。呼んでくれ。やつが何か知っていそうな気がする」

「承知しました、警部」

巡査が部屋を出ると、エルジンが客間のドアの近くをうろついていた。おずおずと階段へ向かうふりをしたが、巡査に呼ばれると立ち止まり、いささか不安そうな顔で部屋に入ってきた。

巡査は廊下のドアを閉めてから、記録をとっていた場所に戻り、そのあいだに警部のほうはブリッジテーブルのそばの椅子を指し示した。

エルジンが椅子に腰を下ろしたところで、警部は事情聴取にとりかかった。「さて、あなたは今夜、映画を見に出かけましたね。ところが早めに戻ってきた。なぜです？」

「先ほども申しましたように」エルジンは答えた。「家内の気分がすぐれなかったものですから」

警部は執事をじっと見つめた。「コステロ氏が夕方訪ねてきたとき、家に通したのはあなたでしたね？」

「はい、そうです」

警部はエルジンから何歩か離れ、そこで急にふりむいた。「外にあるのがコステロ氏の車であることを、どうしてすぐに言ってくれなかったんですか？」

「誰の車なのか存じませんでした。コステロ氏が玄関まで乗りつけたわけではなかったので。車でいらしたことも知らなかったのです」

「いささか妙ではありませんか？　厩の角を曲がったところに車を置いてくるとは」

「はあ、たしかに。妙だと思います」執事は答えた。「ですが、何かわけがあったのでございましょう」

「どういう意味ですか？」警部はすぐさま尋ねた。

「いえ、ことさらには」エルジンは答えた。きどった言い方だった。「なんでもございません」

「前にもコステロ氏に会ったことはありますか？」こう尋ねたときの警部の声は鋭かった。

「一度もございません」エルジンは断言した。

警部は意味ありげな口調になって次の質問をした。「あなたが今夜早めに帰宅したのは、コステロ氏が理由ではないでしょうね？」

「先ほども申し上げたように、家内が――」

「奥さんのことはもうけっこうです」警部は相手の言葉をさえぎった。エルジンから離れ、さらに続けた。「ヘイルシャム＝ブラウン氏のお宅で働くようになってどれぐらいになりますか？」

「一カ月半になります」というのがエルジンの返事だった。

警部はエルジンのほうを向いた。「では、その前は？」

「あの――しばらく、仕事を休んでおりました」執事は不安そうに答えた。

「休んでいた？」警部はオウム返しに言った。怪しんでいる口ぶりだった。いったん黙りこみ、こうつけ加えた。「よくおわかりとは思いますが、こういう場合、あなたがこちらに持参した推薦状を入念に調べねばなりません」

エルジンは席を立とうとした。「ご質問がお済みでしたら――」と言いかけたが、黙りこみ、ふたたびすわった。「わたくし――あのう、警部さんに嘘を申し上げるつもりはありません。べつに悪いことをしたわけではないのです。つまり、そのう――元の推薦状は破れてしまいまして――なんと書いてあったか、正確には覚えていなかったため――」

「自分で推薦状を書いたわけか」警部はエルジンの言葉をさえぎった。「要するに、そういうことですね？」

「悪気はなかったのでございます」エルジンは弁解しようとした。「食べていかなくてはなりませんし――」

警部はふたたび相手の言葉をさえぎった。「目下、偽の推薦状には興味がありません。わたしが知りたいのは、今夜ここで何があったのか、コステロ氏に関してあなたが何を知っているかということです」

「コステロ氏に会ったのは今夜が初めてでした」エルジンは強く言った。廊下のドアのほうを見渡しながら続けた。「しかし、氏がここにいらした理由については、見当がついております」

「ほう。どのような理由ですかな？」警部は知りたがった。

「ゆすりです。氏は奥さまのことで何か握っていたのです」

「〝奥さま〟というのは、ヘイルシャム＝ブラウン夫人のことですね？」

「はい」エルジンは熱っぽく続けた。「ほかに何かご用はないかと奥さまに伺いにいきましたとき、お二人の話し声が聞こえてきたのです」

「どういうことを聞いたんです？」

「奥さまはこんなふうなことを言っておられました――〝でも、それはゆすりだわ。そんなものに屈するつもりはありません〟と」クラリッサの言葉を伝えるとき、エルジンはひどく芝居じみた口調になった。

「ふむ！」警部はいささか疑わしげな反応を示した。「ほかには？」

「それだけです。わたくしが入っていくと、お二人は黙りこみ、部屋を出たあとは声を低くなさいましたので」

「なるほど」警部はつぶやいた。執事に視線を据えて、相手がふたたび話しだすのを待った。

エルジンは椅子から立ち上がった。泣きださんばかりの声で頼みこんだ。「どうか見逃していただけませんか？　これまでさんざん苦労してきたんです」

警部はしばらくエルジンを見据え、やがてそっけなく言った。「まあ、いいだろう。行きなさい」

「はい。ありがとうございます」エルジンはすぐさま答え、急いで廊下へ出ていった。

警部は立ち去る執事を見つめてから、巡査のほうを向いた。「ゆすり……ねえ」とつぶやき、巡査と視線を交わした。

「しかも、ヘイルシャム＝ブラウン夫人はとても上品なレディなのに」少々しかつめらしい顔で、ジョーンズ巡査は言った。

「まったくだ。だが、人は見かけによらんものだ」警部は言った。言葉を切り、それからぶっきらぼうに命じた。「バーチ判事を呼んでくれ」

巡査は書斎のドアのほうへ行った。「バーチ判事、どうぞ」

ヒューゴ・バーチが書斎のドアから出てきた。頑固で挑戦的な顔つきだ。巡査がヒューゴの背後のドアを閉めてテーブルの席につくあいだに、警部はヒューゴに愛想よく声をかけた。「こちらにどうぞ、バーチ判事。どうぞおすわりください」

ヒューゴが椅子にかけると、警部は続けて言った。「まったくもって厄介なことになりました、判事さん。これに関して何かお話しいただけることはないでしょうか？」

ヒューゴは眼鏡のケースをテーブルに乱暴に置き、喧嘩腰で答えた。「何もない」

「何も？」驚きの声で警部は問いかけた。

「何を言えというのだ？」ヒューゴは文句を言った。「いまいましい女がいまいましい戸棚をあけたら、いまいましい死体がころがりでてきた」苛立たしげに鼻を鳴らした。

「わたしだって息が止まりかけた。そのショックからまだ立ち直っていない」警部をにらみつけた。「わたしに何を尋ねても無駄だ」きっぱりと言った。「何も知らないのだから」

警部はヒューゴをしばらくじっと見てから尋ねた。「それが判事さんの証言ですね？この件に関しては何も知らないと言われるのですね？」

「はっきり言っておこう。わたしはあの男を殺していない」ふたたび、挑みかかるように相手をにらんだ。「面識すらなかった」

「面識はなかった」警部はくりかえした。「よくわかりました。面識があったと申し上げているわけではありません。もちろん、判事さんが殺したなどとも言っておりません。ただ、〝何も知らない〟というお言葉はどうにも信じられませんな。それでは何をご存じなのか、見ていきましょう。まず、男の名前ぐらいはお聞きになったことがありますね？」

「ああ」ヒューゴはぶっきらぼうに言った。「じつにいかがわしい男だと聞いていた」

「どういう点で？」警部は冷静に尋ねた。

「わたしが知るわけないだろ」ヒューゴはわめいた。「女には好かれるが、男には相手にされんタイプの人間だった。まあ、そんなところかな」

警部はしばらく黙りこんでから、慎重に質問した。「あの男が今夜この屋敷に舞い戻った理由に、何かお心当たりはないでしょうか？」

「見当もつかん」ヒューゴはそっけなく答えた。

警部は室内を何歩か歩きまわり、いきなりふりむいてヒューゴと向かい合った。「コステロ氏とヘイルシャム＝ブラウン氏の現在の奥さんとのあいだに何かあったのではないでしょうか？」

ヒューゴは啞然とした様子だった。「クラリッサのことかね？ ありえない！ あれはいい子だ、クラリッサは。すばらしく分別がある。あんな男には見向きもしないさ」

警部はふたたび黙りこみ、最後にようやく言った。「では、捜査にはご協力いただけないのですね？」

「申しわけない。だが、力にはなれそうもない」平静を装って、ヒューゴは答えた。

警部はわずかな情報でもいいからヒューゴからひきだそうと思い、最後の努力をした。

「あのスペースに死体があることは、本当にご存じなかったのですね？」

「もちろんだ」ヒューゴは答えた。気分を害した声だった。

「ありがとうございました」警部はそう言ってヒューゴに背を向けた。

「えっ？」ヒューゴはいぶかしげに言った。

「もう結構です。ありがとうございました」警部は繰り返した。机のほうへ行き、そこにのっていた赤い本を手にとった。

ヒューゴが席を立ち、眼鏡ケースをとって書斎のドアのほうへ行こうとすると、巡査が立ち上がって行く手をふさいだ。そこで、ヒューゴはフレンチドアのほうを向いたが、巡査は「こちらからどうぞ、バーチ判事」と言って廊下のドアをあけた。ヒューゴは仕方なくそこから出ていき、彼の背後で巡査がドアを閉めた。

警部が赤い表紙の大型本をブリッジテーブルへ持っていき、腰を下ろして調べていると、ジョーンズ巡査が皮肉っぽく言った。「バーチ判事は情報の宝庫ですね。まあ、治安判事としては気分のいいもんじゃないでしょう。殺人事件に巻きこまれるなんて」

警部は声に出して読みはじめた。「〝デラヘイ、ローランド・エドワード・マーク卿、バス二等勲爵士、ロイヤル・ヴィクトリア勲章士――〟」

「なんですか、その本は？」巡査が尋ねた。警部の肩越しにのぞきこんだ。「ああ、

『紳士録』ですね」

警部は続きを読み上げた。「〝イートン校――ケンブリッジ大学トリニティ・コレッジ卒――〟ほほう！〝外務省入省――二等書記官――マドリード――全権大使〟」

「すごい！」最後の言葉を聞いて、巡査が感嘆の声を上げた。

警部は苛立ちの表情を巡査に向け、さらに続けた。「〝コンスタンティノープル、外務省――特殊任務に従事――所属クラブ――ブードルズ――ホワイツ〟」

「次はこの人にしますか、警部？」

警部はしばらく考えた。「いや。いちばん興味深い人物だから、最後にとっておくとしよう。次はウォレンダー青年を調べることにする」

第十五章

ジョーンズ巡査が書斎のドアの前に立って、「ウォレンダーさん、どうぞ」と呼んだ。ジェレミーが入ってきた。くつろいだ表情を浮かべようとしているが、どうもうまくいっていない。巡査はドアを閉めると、テーブルの自分の席に戻り、そのあいだに警部が腰を浮かせてジェレミーのためにブリッジテーブルの椅子をひいた。

「おすわりください」警部はもとどおりにすわりながら、いささか不愛想に命じた。ジェレミーが腰を下ろすと堅苦しく尋ねた。「名前は?」

「ジェレミー・ウォレンダー」

「住所は?」

「ブロード通りの三四〇番地と、グローヴナー広場の三四番地」ジェレミーは答えた。平静な声にしようと努めていた。これをすべて書きとっている巡査にちらっと目を向け、さらにつけくわえた。「田舎の住所も言っておくと、ウィルトシャー州ヘプルストーン」

「ご自分の財産をお持ちの紳士というわけですな」警部は意見を述べた。

「残念ながら違います」ジェレミーは笑みを浮かべて正直に言った。「ぼくはサー・ケネス・トムスンの個人秘書をしています。ほら、サクソン・アラビアン石油の会長の。いま言ったのはみんな、サー・トムスンの屋敷です」

警部はうなずいた。「なるほど。秘書になられたのはいつごろですか？」

「一年ほど前かな。その前は四年のあいだスコット・エイジアス氏の個人アシスタントをしておりました」

「おお、そうでしたか」警部は言った。「シティの裕福な実業家ですな？」しばらく考えてから、次の質問に移った。「あのオリヴァー・コステロという男性のことはご存じでしたか？」

「いや、今夜まで名前を聞いたこともありませんでした」

「コステロ氏が夕方早くここに来たときは、顔を見ていないわけですね？」警部は質問を続けた。

「ええ。みんなとクラブハウスへ行っていましたから。そちらで夕食をとりました。今夜は使用人たちが外出する日だったので、バーチ判事がクラブで一緒に食事をしようと誘ってくれたんです」

警部はうなずいた。しばらくしてから尋ねた。「ヘイルシャム＝ブラウン夫人も行かれたのですか？」

「いえ、クラリッサはいませんでした」

警部が眉を上げたので、ジェレミーは急いで続けた。「でも、その気になれば来たと思いますよ」

「ということは、夫人も誘ったわけですか？　だが、夫人は断った？」

「い、いえ」ジェレミーはあわてて答えた。その声には焦りがあった。「つまりですね――そのう、ヘイルシャム＝ブラウン氏はたいてい、ひどく疲れて帰ってくるんです。だから、クラリッサはいつものように夫婦で簡単な食事をとることにすると言ったんです」

警部は当惑の表情になった。「ひとつ確認させてください」てきぱきと言った。「ヘイルシャム＝ブラウン夫人は夫と自宅で食事をするつもりだったのですね？　帰宅した夫がすぐまた出かけるとは思っていなかった？」

ジェレミーはいまやひどく動揺していた。「ぼくは――そのう――ええと――あの――本当はよく知らないんです」しどろもどろに言った。「でも――そう言われてみると、たしか、夫は今夜出かけるとクラリッサが言ってました」

警部が立ち上がり、ジェレミーから何歩か離れた。「おや、妙ですな。ヘイルシャム＝ブラウン夫人がみなさんとクラブへ出かけずに、ここに残って一人きりで夕食をとったというのは」

ジェレミーはすわったまま警部のほうを向いた。「それは――あのう――つまり――」と言いはじめ、自信がついたのか、早口になった。「つまり、子供のためなんです――ほら、ピッパがいるから。クラリッサは自分だけ出かけて、家に残った子供に一人きりで食事をさせるような人ではありません」

「いや、もしかしたら」警部はひどく意味深長な口調になった。「もしかしたら、自分の客をこっそり迎えるつもりだったのかもしれない」

ジェレミーは立ち上がった。「おや、ずいぶんいやらしいことを言われるんですね」むきになって叫んだ。「ありえませんよ。クラリッサがそんなつもりだったなんて、ぜったいにありえない」

「だが、オリヴァー・コステロ氏は誰かに会おうとしてここに来たのです」警部は指摘した。「執事夫婦は夕方から外出する予定だった。ミス・ピークは自分のコテージで寝起きしている。となると、コステロ氏が会いに来た相手はヘイルシャム＝ブラウン夫人しかいないじゃないですか」

「ぼくに言えるのは――」ジェレミーは言いかけた。それから顔を背けて弱々しくつけくわえた。「あのう、クラリッサに訊いてもらったほうがいいと思います」

「もう訊きました」警部はジェレミーに告げた。

「なんて言ってました？」顔をもとに戻して警部と向き合い、ジェレミーは尋ねた。

「あなたとまったく同じことを」警部は物柔らかに答えた。

ジェレミーはブリッジテーブルの椅子にふたたび腰を下ろした。「ほら、やっぱり」

警部は室内を何歩か歩いた。視線を床に据えたまま、物思いに耽っている様子だった。次にふたたびジェレミーのほうを向いた。「ねえ、正直に話してください。どうして三人ともクラブから戻ってこられたんです？　最初からの予定だったのですか？」

「はい」ジェレミーはいったんそう答えたが、あわてて訂正した。「あの、〝いいえ〟という意味です」

「どっちなんです？」警部はすかさず尋ねた。

ジェレミーは深く息を吸った。「じつは、こういうことなんです。三人で一緒にクラブへ出かけました。ローランド卿とヒューゴさんはそのままダイニングルームへ行き、ぼくは少し遅れて入っていきました。冷製料理のビュッフェだったのでね。暗くなるまでボールを打ってたんです。やがて——ええと、誰かが〝ブリッジでもやらないか？〟と言ったので、〝それなら、ヘイルシャム＝ブラウン家に戻ったらどうでしょう？　そのほうが落ち着けるから、そっちでやりましょうよ〟とぼくが言いました。で、戻ったわけなんです」

「なるほど。では、あなたの思いつきだったんですね？」

ジェレミーは肩をすくめた。「最初に言いだしたのが誰だったかはよく覚えていません。ヒューゴ・バーチさんだったかもしれません」

「そして、みんなでここに戻ってきた——何時ごろでした？」

ジェレミーはしばらく考え、それから首を横にふった。「はっきりした時間はわかりません」ぼそっと言った。「クラブハウスを出たのはたぶん、八時少し前だったと思います」

「では——あそこからだと」警部は考えこんだ。「歩いて五分ぐらいですね？」

「ゴルフコースはこの庭のすぐ隣ですから」フレンチドアの外へ目をやって、ジェレミーは答えた。

警部はブリッジテーブルまで行き、テーブルの上に視線を落とした。「それから、みなさんでブリッジをしたのですね？」

「ええ」ジェレミーはきっぱりと言った。

警部はゆっくりうなずいた。「われわれがここに到着する二十分ぐらい前ということになりますね」計算してそう言った。テーブルのまわりをゆっくり歩きはじめた。「三回勝負を二度もやった――」ジェレミーにもよく見えるように、クラリッサが書いた点数表をかざした。「三度目を始める時間はなかったはずですが」

「えっ？」ジェレミーは一瞬狼狽したように見えたが、急いで言った。「そ、そうですよね。ええ。最初の三回勝負はきっと昨日やった分ですよ」

ほかの点数表を指さして、警部は考えこみながら言った。「どれも同じ人が記入しているようですが」

「ええ」ジェレミーはうなずいた。「スコアをつけるのは、みんな、さぼりたがってね。クラリッサにすべてまかせていました」

警部はソファまで歩いた。「この部屋と書斎のあいだに通路があることはご存じでしたか？」

「死体が発見されたスペースのことですか？」

「そう、それです」

「いえ。ぜんぜん知りませんでした」ジェレミーは強く言った。「みごとな細工ですよね。そんなものがあるなんて、誰も考えもしませんよ」

警部はソファの肘掛けに腰を下ろすと、身をそらせてクッションをどけた。クッションの下に手袋が押しこまれていることに気づいて、真剣な表情になり、静かに言った。

「すると、ウォレンダーさん、あのスペースに死体があったことは、あなたには知りようがなかったわけだ。そうですね？」

ジェレミーはそっぽを向いた。「よくある表現を使えば、度肝を抜かれましたよ」と答えた。「暴力と流血沙汰だ。自分の目が信じられませんでした」

ジェレミーが話しているあいだに、警部はソファで見つかった手袋を選り分けていた。そのうちひと組を奇術師のようにかざしてみせた。「ところで、これはあなたのでしょうか、ウォレンダーさん？」さりげない口調を装って尋ねた。

ジェレミーは警部のほうに向きなおった。「いえ。あ、あの、そうです」しどろもどろに答えた。

「どっちなんです？」

「はい、ぼくのです。たぶん」

「クラブハウスから戻ってくるとき、これをはめていましたか？」

「はい」ジェレミーは記憶をたどった。「いま思いだしました。ええ、はめていました。

今夜は風が冷たかったものですから」

警部はソファの肘掛けから腰を上げてジェレミーに近づいた。「どうも思い違いをしておられるようだ」手袋についているイニシャルを指さした。「内側にヘイルシャム＝ブラウン氏のイニシャルがついていますよ」

ジェレミーは冷静に視線を返して答えた。「おや、偶然ですね。ぼくもそっくりのを持っています」

警部はソファに戻って、ふたたび肘掛けに腰を下ろし、身を乗りだして別の手袋をとった。「もしかして、これがあなたのでしょうか？」

ジェレミーは笑った。「もうひっかかりませんよ」と答えた。「そもそも、手袋なんてみんなそっくりに見えるものです」

警部は三組目の手袋をとりだした。「手袋が三組」つぶやきながら点検した。「すべて内側にヘイルシャム＝ブラウン氏のイニシャルがついている。妙ですね」

「だって、ここはあの人の家ですから」ジェレミーは指摘した。「あの人の手袋が三つころがっててもかまわないでしょう？」

「ただ、興味深いことがひとつあります」警部は答えた。「そのなかの一組が自分のものだとあなたが思ったことです。だが、あなたの手袋は目下、あなたのポケットから覗いているようです」

ジェレミーは右側のポケットに片手を入れた。「いや、反対側です」警部が言った。左側のポケットから手袋をとりだして、ジェレミーは叫んだ。「あ、ほんとだ。そうです、ぼくのはここだった」

「ここにあるのとはあまり似ていませんが。いかがです？」警部はあてつけがましく尋ねた。

「まあ、ゴルフ用の手袋ですからね」ジェレミーは笑顔で答えた。

「ありがとうございました、ウォレンダーさん」警部は急にそっけなく言って、クッションをソファのもとの場所に戻した。「いまはこれで結構です」

ジェレミーはうろたえた面持ちで立ち上がった。「あのう……警部さんはまさか――」そこで黙りこんだ。

「まさか――なんでしょう？」

「いえ、べつに」ジェレミーは曖昧に答えた。黙りこみ、それから書斎のドアのほうへ向かったが、巡査に邪魔をされた。警部のほうへ顔を戻して、ジェレミーは無言のまま、物問いたげに廊下のドアを指さした。警部がうなずいたので、部屋を出て、廊下のドアを背後で閉めた。

警部は手袋をソファに置くと、ブリッジテーブルのほうへ行って腰を下ろし、ふたたび『紳士録』を開いた。「あ、あった」とつぶやき、声に出して読みはじめる。「〝トムスン、サー・ケネス。サクソン・アラビアン石油会社会長、ガルフ石油会社〟ほう！すばらしい。〝趣味――切手収集、ゴルフ、釣り。住所――ブロード通り三四〇番地、グローヴナー広場三四番地〟」

警部が『紳士録』に目を通しているあいだに、ジョーンズ巡査はソファのそばのテーブルへ行き、灰皿の上で鉛筆を削りはじめた。床に落ちた削りくずを拾おうとして屈みこんだとき、トランプのカードが一枚落ちているのに気づいてブリッジテーブルへ持っていき、警部の前にポンと置いた。

「何を見つけたんだ？」

「トランプのカードです。あそこに落ちていました。ソファの下に」

警部はカードを手にとった。「スペードのエースか。じつに興味深いカードだ。おや、ちょっと待てよ」カードを裏返した。「赤か。同じものだ」テーブルに置かれていた赤いカードの山をとり、広げてみた。

巡査も警部に協力して、一緒にカードを調べた。「ふむ、ふむ、スペードのエースは含まれていない」警部は叫んだ。椅子から立ち上がった。「なるほど、由々しきことだ。

そう思わんかね、ジョーンズ？」と言いながらスペードのエースをポケットに入れ、ソファのほうへ行った。「あの連中、スペードのエースがないことに気づかないまま、ブリッジをやっていたわけか」

「たしかに由々しきことですね、警部」テーブルに広げたカードを片づけながら、ジョーンズ巡査は同意した。

警部はソファに置いた三組の手袋をとった。「さて、次はローランド・デラヘイ卿を呼ぶとしよう」巡査に命じながら、手袋をブリッジテーブルへ持っていき、ひと組ずつ並べた。

第十六章

巡査は書斎のドアをあけて、「ローランド・デラヘイ卿」と呼んだ。

ドアのところで足を止めたローランド卿に警部が声をかけた。「どうぞお入りくださ
い。こちらの椅子にどうぞ」

ローランド卿はブリッジテーブルに近づき、そこに並べられた手袋を目にして一瞬足
を止めて、それから椅子にすわった。

「ローランド・デラヘイ卿ですね？」警部は形式的に尋ねた。威厳たっぷりの肯定のう
なずきを受けて、次に「ご住所は？」と質問した。

「リンカンシャー州、リトルウィッチ・グリーンのロング・パドックです」ローランド
卿は答えた。『紳士録』を指で軽く叩いてつけくわえた。「ここに出ていませんでした
か、警部さん？」

警部はこの質問を無視することにした。「さてと、よろしければ、今夜の出来事をご

説明願いたいのですが。みなさんが七時少し前にここを出られたあとのことを」

ローランド卿はどうやら、すでに答えを用意していたようだ。「今日は朝からずっと雨でしたが」なめらかに話を始めた。「急に雨が上がりました。使用人たちが夕方から外出する日だったので、夕食はクラブハウスでとろうとあらかじめ決めていました。ですから、食事に出かけたのです」巡査がちゃんと記録をとっているかどうか確認するかのように、そちらへちらっと目を向け、それから話を続けた。「食事が終わりかけたときにヘイルシャム＝ブラウン夫人から電話があり、夫が急に出かけることになったから、こちらに戻って四人でブリッジをしないかと言ってきました。それで、みんなで戻ったのです。ブリッジを始めて二十分ほどたったとき、警部さんが到着されたというわけです。あとは——ご存じのとおりです」

警部は考えこむ表情になった。「ウォレンダーさんのお話とはちょっと違いますね」

「そうですか？　どんなふうに言っていました？」

「こちらに戻ってブリッジをしようと提案したのは、あなたがたの一人だったという話でした。たぶん、バーチ判事だろうということでしたが」

「なるほど」ローランド卿はさらりと答えた。「ただ、ウォレンダーはクラブのダイニングルームにちょっと遅れて入ってきましたからね。ヘイルシャム＝ブラウン夫人から電話があったことを知らなかったのでしょう」

ローランド卿と警部が視線を合わせた。にらみ合いに勝とうとしているかのようだった。やがて、ローランド卿が話を続けた。「わたしより警部さんのほうがよくご存じのように、同じ事柄に関して二人の人間の供述が一致するのはきわめて稀なことです。それどころか、われわれ三人の話が完全に一致したら、わたしなどは逆に疑わしいと思うでしょう。きわめて疑わしい」

この意見に対して、警部は何もコメントしないことにした。ローランド卿のそばへ椅子をひきずっていき、腰を下ろした。「よろしければ、この件について議論したいのですが」と提案した。

「大歓迎です、警部さん」ローランド卿は答えた。

じっと考えこみながらテーブルの上を何秒か見つめたあとで、警部は議論を始めた。

「亡くなったオリヴァー・コステロ氏は何か特別な目的があってこの家を訪ねてきた」いったん言葉を切った。「そうに違いないということには、閣下も同意されますね？」

「わたしが聞いた話ですと、ヘイルシャム＝ブラウンの最初の妻だったミランダが間違えて持ち去った品を、コステロがヘンリー・ヘイルシャム＝ブラウンに返しに来たそうですが」

「それは口実だったのかもしれません」警部は指摘した。「よくわかりませんが。ただ、コステロ氏がここにきた本当の理由がそれでなかったことは断言できます」

ローランド卿は肩をすくめた。「そうかもしれないが、わたしにはなんとも言えませんな」

警部はさらに話を進めた。「おそらく、誰か特定の人物に会いに来たのでしょう。閣下だったかもしれない。ウォレンダー氏だったかもしれない。もしくは、バーチ判事だったかもしれない」

「バーチ判事に会うのが目的ならば、家はこの近くですから」ローランド卿は指摘した。「自宅のほうへ行ったでしょう。ここに来るはずはありません」

「そうかもしれませんな」警部はうなずいた。「となると、残りは四人です。閣下、ウォレンダー氏、ヘイルシャム＝ブラウン氏、そして、ヘイルシャム＝ブラウン夫人」警部はここで黙りこみ、ローランド卿に探るような視線を向けたあとで尋ねた。「ところで、閣下、オリヴァー・コステロ氏のことはよくご存じでしたか？」

「いや、ほとんど知りません。二回か三回、会っただけです」

「どこで会われたのです？」

ローランド卿は記憶をたどった。「一年以上前に、ロンドンのヘイルシャム＝ブラウンの家で二回、それから、たしかレストランで一回」

「だが、彼を殺したいという理由はありませんよね？」ローランド卿は笑顔で尋ねた。

警部は首を横にふった。「そうじゃないんです、ローランド卿。消去法とでも呼ぶことにしましょう。オリヴァー・コステロ氏を殺す動機が閣下にあるとは思えません。そうなると、残るは三人だけです」

「ひとり消え、ふたり消え――まるでマザー・グースの歌だな」ローランド卿は笑みを浮かべた。

警部は微笑を返した。「次はウォレンダー氏のことを伺いましょう。彼のことはどの程度ご存じですか？」

「二日前に初めて会ったばかりです」ローランド卿は答えた。「感じのいい青年で、育ちがよく、高い教育を受けているようですな。彼はクラリッサの友人です。わたし自身は彼のことを何も知りませんが、およそ人殺しには見えないと申し上げておきましょう」

「では、ウォレンダー氏のことはこれぐらいにして、次の質問に移るとしましょう」

ローランド卿は警部の先手を打ってうなずいた。「わたしがヘンリー・ヘイルシャム

＝ブラウンのことをどの程度知っているか、妻のクラリッサのことをどの程度知っているか？　それをお尋ねになりたいのですね？　実のところ、ヘンリー・ヘイルシャム＝ブラウンとはとても親しい間柄です。古くからの友人でして。また、クラリッサのことは何から何まで知っています。わたしはクラリッサの後見人ですし、言葉にできないほど大切に思っています」

「なるほど。そう伺って、いくつかのことがかなりはっきりしたように思います」

「ほう、そうですか？」

警部は立ち上がって室内を何歩か歩きまわったあとで、ふりむいてローランド卿と向かいあった。「みなさんが今夜の予定を変更なさったのはなぜでしょう？　なぜここに戻ってブリッジをしていたように装ったのです？」

「装った？」ローランド卿は尖った声を上げた。

警部はポケットからトランプのカードを一枚とりだした。「このカードですが、向こう側にあるソファの下に落ちていました。三回勝負のブリッジを二度もやって、三度目に入ったなんて、わたしにはとうてい信じられません。トランプのカードが五十一枚しかなくて、しかも欠けているのはスペードのエースだというのに」

ローランド卿は警部からカードを受けとり、裏を見たあとで警部に返した。「たしかに」と認めた。「たぶん、いささか信じがたいことでしょうな」

警部は手に負えないと言いたげに天井に目を向け、それからつけくわえた。「それに、ヘイルシャム＝ブラウン氏の手袋が三組あることについても、然るべき説明が必要だと思います」

一瞬の沈黙ののちに、ローランド卿は答えた。「あいにくですが、警部さん、わたしからは説明いたしかねます」

「でしょうね」警部はうなずいた。「あるレディを全力で庇おうとしておられるようにお見受けします。しかし、なんの役にも立ちますまい。真実はいずれ明らかになるものです」

「本当にそうでしょうか」警部の意見に対して、ローランド卿はこう答えただけだった。

警部はパネルのほうへ行った。「コステロ氏の死体がこの奥にあることをヘイルシャム＝ブラウン夫人は知っていた」強い口調で言った。「夫人が自分でひきずっていったのか、あなた方が手を貸したのか、わたしにはわかりません。だが、夫人が知っていたのは間違いない」戻ってきてローランド卿と向かい合った。「わたしが思うに、オリヴァー・コステロ氏はヘイルシャム＝ブラウン夫人に会いに来て、脅迫して金を巻き上げようとしたのでしょう」

「脅迫？」ローランド卿は訊いた。「どんな脅迫です？」

「その点もいずれ明らかになるでしょう。かならずや」警部はローランド卿に断言した。

「ヘイルシャム＝ブラウン夫人は若くて魅力的な女性です。コステロ氏のほうは女にもてるタイプのようだ。さて、ヘイルシャム＝ブラウン夫人は結婚したばかりで――」

「やめたまえ！」ローランド卿が強引に口をはさんだ。「警部さんに知っておいてもらいたいことがいくつかあります。どれもそちらで簡単に確認できるはずです。ヘンリー・ヘイルシャム＝ブラウンの最初の結婚は不幸なものでした。妻はミランダといって美しい女性だったが、精神的に不安定で神経過敏でした。健康面も精神面も悪化してきわめて憂慮すべき状態になったため、幼い娘を母親からひき離して養護施設に入れるしかなくなったのです」

ローランド卿は言葉を切って記憶をたどった。「ええ、まことに衝撃的な事態でした。ミランダは麻薬に溺れていたようです。どうやって麻薬を手に入れていたかは不明ですが、あのオリヴァー・コステロという男が渡していたと見て、ほぼ間違いないでしょう。ミランダはコステロに夢中になり、ついに駆け落ちしてしまった」

ふたたび言葉を切って巡査にちらっと目をやり、メモをとりつづけているかどうかを確認してから、ローランド卿は話に戻った。「ヘンリー・ヘイルシャム＝ブラウンは古風な考えの持ち主なので、ミランダの離婚の求めに応じることにしたのです」と説明した。「その後クラリッサと結婚して、いまでは幸せに平穏に暮らしていますし、はっきり申し上げておきますが、クラリッサの過去にうしろ暗い秘密など何ひとつありません。コステロに脅迫されるようなことはいっさいないと断言できます」

警部は何も答えず、じっと考えこむ表情になっただけだった。

ローランド卿は立ち上がると、椅子をテーブルに戻し、ソファのほうへ行った。それから向きを変えて、ふたたび警部に話しかけた。「とんでもない思い違いをなさっているのではないでしょうか、警部さん？　コステロは誰かに会いに来たのだと決めつけておられるのはなぜですか？　場所が目的だったという可能性もあるのでは？」

警部は戸惑いの表情になった。「どういう意味ですか？」

「さきほど、亡くなったセロン氏の話をなさったとき」ローランド卿は指摘した。「麻薬取締班がセロン氏に関心を持っていたと言われましたね。それと何かつながりがあるのではないでしょうか？　麻薬――セロン氏――セロン氏の家？」

ローランド卿は言葉を切ったが、警部からなんの反応もなかったので、話を続けた。「コステロは前にも一度ここに来たようです。セロン氏の骨董品を見せてほしいという顔をして。コステロがこの家にある何かを狙っていたとしたら？　例えば、あの机と警部が机に目をやったので、ローランド卿は自分の説をさらに進めた。「そう言えば妙なことがあったではないですか。男が訪ねてきて、あの机を法外な値で買いとろうとしたという。オリヴァー・コステロが調べようとしたのは――狙っていたと言ってもいいでしょうが――あの机だったのかもしれない。何者かに尾行されていたのかもしれない。そして、机のそばでその人物に殴り倒されたのかもしれません」

警部のほうは感銘を受けた様子もなかった。「推測ばかりじゃ――」と言おうとしたが、ローランド卿にさえぎられ、強い調子で言われた。「きわめて理にかなった推測ですぞ」

「すると」警部は問いかけた。「パネルの奥のスペースに死体を隠したのも、その人物だと言われるのですか？」

「そのとおり」

「パネルの秘密を知っている人物でなくてはなりませんな」警部は言った。

「セロン氏の時代にこの家のことを知っていた人物かもしれません」ローランド卿は指摘した。

「なるほど、けっこうなお説ではありますが」警部はいらいらしながら答えた。「説明のつかない点がひとつあって――」
「どんな点でしょう？」
警部はローランド卿に視線を据えた。「ヘイルシャム＝ブラウン夫人はあのスペース
に死体が隠してあることを知っていた。われわれがそこを覗くのを阻止しようとした」
ローランド卿が何か言おうとして口を開きかけたが、警部は片手を上げてさらに続け
た。「それは違うといくらおっしゃっても無駄です。夫人は知っていたのです」
しばらくのあいだ、緊張をはらんだ沈黙が広がった。やがて、ローランド卿が言った。
「警部さん、わが被後見人と話をさせていただけますか？」
「わたしも同席していいという条件なら」警部は即座に答えた。
「それでけっこうです」
警部はうなずいた。「ジョーンズ！」何を命じられたのかを察して、巡査は部屋を出
ていった。
「なんなりと仰せに従いましょう、警部さん」ローランド卿は警部に言った。「どうか
お手柔らかに願います」
「わたしが願っているのはただひとつ、真実を突き止めること、そしてオリヴァー・コ
ステロ殺しの犯人を見つけることです」警部は答えた。

第十七章

巡査が部屋に戻ってきて、クラリッサのためにあけたドアを支えた。

「どうぞお入りください、ヘイルシャム＝ブラウン夫人」警部が呼びかけた。クラリッサが入ってくると、ローランド卿がそばへ行った。ひどく厳粛な面持ちで話をした。

「クラリッサ、わたしの言うとおりにしてくれるね？　警部さんに本当のことを話してほしい」

「本当のこと？」クラリッサは訊き返した。ひどく疑わしげな口調だった。

「本当のことを」ローランド卿は強い口調でくりかえした。「そうするしかない。本気で言っているのだよ。真剣に」クラリッサを真剣な目でしばらくじっと見つめ、それから部屋を出ていった。巡査がそのあとドアを閉め、記録をとるため元の席に戻った。

「どうぞおすわりください、ヘイルシャム＝ブラウン夫人」警部が彼女を手招きした。今回はソファを指さしていた。

クラリッサは笑顔を見せたが、警部から返ってきたのはきびしい表情だった。クラリッサはゆっくりソファのほうへ行って腰を下ろし、しばらく待ってから口を開いた。

「申しわけありません」警部に言った。「嘘ばかりついて本当に申しわけありません。そんなつもりはなかったんです」話を続けるその声は後悔に満ちていた。「その場の成りゆきでつい……。おわかりいただけますでしょう?」

「わかるとは言いかねますな」警部は冷淡に答えた。「とにかく、事実だけを話してください」

「ええと、ほんとはとても単純なことなんです」クラリッサは説明し、話を進めながら指を折って事実を挙げていった。「まず、オリヴァー・コステロが立ち去りました。次に夫が帰宅しました。それから、わたしは車でふたたび出かける夫を見送りました。そのあとでサンドイッチをこの部屋に持ってきました」

「サンドイッチ?」

「はい。じつは、夫が外国のとても大切なお客さまをここにお連れすることになっていますの」

警部は興味を持った様子だった。「ほう、その大切なお客とはどなたです?」

「ジョーンズ氏とかおっしゃる方です」

「えっ？」ジョーンズ巡査のほうへ目をやって、警部は言った。

「ジョーンズ氏。本名ではありませんが、そうお呼びするように言われております。極秘の訪問なんです」クラリッサはさらに続けた。「サンドイッチをつまみながらみなさんが話し合いをすることになっているので、わたしは娘の勉強部屋でムースを食べようと思っておりました」

警部は当惑の表情を浮かべていた。「ムースを――なるほど、わかりました」とつぶやいた。まるでわかっていない様子だった。

「サンドイッチをあそこに置いてから」クラリッサはベンチを指さして警部に言った。「部屋の片付けにとりかかり、本を書棚に戻そうとしてそちらへ行ったところ――そこで――そこで、つまずいて倒れそうになりました」

「死体につまずいたんですね？」警部は尋ねた。

「はい。そこにあったんです。ソファのうしろに。で、覗きこみ、本当に死んでるのかどうか見てみたら、たしかに死んでいました。それがオリヴァー・コステロだったので、どうすればいいかわからなくなって……。結局クラブハウスに電話をして、ローランド卿とバーチ判事とジェレミー・ウォレンダーに急いで帰ってきてと頼んだんです」

警部はソファのほうへ身を乗りだし、冷淡な声で尋ねた。「警察に電話しようとは思わなかったんですか？」

「それは――思いましたとも、ええ。でも、やっぱり――そのう――」クラリッサはふたたび警部に笑いかけた。「電話はやめましたの」

「やめた」警部は一人でつぶやいた。その場を離れ、巡査に目をやり、絶望のしぐさで両手を上げてから、元の場所に戻ってクラリッサと向かい合った。「なぜ警察に電話しなかったんです？」

この質問が来ることはクラリッサも覚悟していた。「あのう、夫のためにならないと思ったものですから。警部さんが外務省の多くの方とお知り合いかどうか存じませんが、みなさん、驚くほど控えめなんです。すべてをひっそりとおこない、目立たないようにするのがお好きなんです。殺人事件となると、どうしても目立ちますでしょ」

「まあ、たしかに」警部にはこういう返事しか思いつけなかった。

「わかっていただけてうれしいわ」クラリッサは愛想よく警部に言ったが、いささか熱がこもりすぎていた。その先を続けたものの、自分でも話が進んでいないような気がして、説得力をなくすいっぽうだった。「つまり、完全に死んでたんです。脈を調べてみたんですもの。だから、わたしたちにできることはもう何もありませんでした」

警部は返事もせずにあたりを歩きまわった。クラリッサは目で警部を追いながら話を続けた。「何を申し上げたいかというと、この客間で死んでいようが、マーズデンの森で死んでいようが、なんの変わりもなかっただろうということです」

警部は鋭くふりむいてクラリッサと向かい合った。「マーズデンの森？」いきなり訊いた。「どうしてマーズデンの森が出てくるのです？」

「あそこへ死体を運ぼうと思ったものですから」

警部は片手を頭のうしろにあて、ひらめきを探し求めるかのように床を見つめた。やがて、頭をふってすっきりさせてから、きっぱりした口調で言った。「ヘイルシャム＝ブラウン夫人、お聞きになったことはないんですか？　死体に何か不審な点がある場合、けっして動かしてはならないのですよ」

「もちろん、存じております」クラリッサは言い返した。「どの探偵小説にもそう書いてありますもの。でも、これは現実のことですのよ」

警部は処置なしと言いたげに両手を上げた。

「だって、小説と現実とはまったく違いますでしょ」

警部は信じられないという沈黙のなかで、しばらくクラリッサを見つめ、それから尋ねた。「わかっておられるのですか？　その発言がとても重大であることを」

「もちろんです。それに、本当のことを申し上げているのです。まあ、そういう次第でクラブに電話したら、みなさん、戻ってきてくれました」

「そこでみんなを説き伏せて、あのスペースに死体を隠したわけですね」

「違います」クラリッサは警部の誤解を正した。「それはもっとあとのことです。わたしの計画は、さきほども申し上げたように、オリヴァーの死体を彼の車に乗せてマーズデンの森に置いてこようというものでした」

「で、みなさんも賛成したのですか？」警部はとうてい信じられないという口調だった。

「はい、賛成してくれました」クラリッサは警部に笑顔を向けた。

「率直に言わせていただくと」警部はぶっきらぼうにクラリッサに言った。「ひとことも信じられません。責任ある三人の男性が、そんなつまらない理由から、そんなふうに法をねじ曲げることに賛成するなんて、わたしには信じられません」

クラリッサは立ち上がった。警部から離れながら、彼に話しかけるというより、ひとりごとのように言った。「本当のことを申し上げても信じていただけないのは、わかっていました」警部と向き合った。「では、どう言えば信じてくださいます？」

クラリッサをじっと見つめて、警部は答えた。「三人が嘘をつくことに同意した理由は、わたしにはひとつしか思いつけません」

「まあ。どういう意味でしょう？　どんな理由があるというのです？」

「三人が嘘をつくことに同意したのは」警部は話を続けた。「あなたがコステロを殺したのだと思いこみ——いや、それよりむしろ——じっさいに知っていたからです」

クラリッサは警部を凝視した。「でも、わたしには彼を殺す理由がありません」と反論した。「なんの理由もありません」いきなり顔を背けた。「ああ、こういう態度をとりになるのはわかっていました。だから——」

クラリッサが急に黙りこんだので、警部は彼女のほうを向いた。「だからなんなんです？」不愛想に尋ねた。

クラリッサは立ったまま考えこんだ。しばらく時間が過ぎ、彼女の態度が変わったように見えた。前より説得力のある口調で話を始めた。「わかりました」すべてを打ち明けようとする者にふさわしい態度で告げた。「理由をお話ししましょう」

「そのほうが賢明だと思います」

「そうですね」クラリッサはうなずき、警部と真正面から向かい合った。「真実を申し上げたほうがいいと思います」〝真実〟という言葉を強調した。

警部は微笑した。「ひとこと申し上げておくと、警察に嘘を並べ立ててもなんの役にも立ちませんよ、ヘイルシャム＝ブラウン夫人。本当のことを話してください。最初から詳しく」

「そうします」クラリッサは約束した。ブリッジテーブルのそばの椅子に腰かけた。

「ああ……」ため息をついた。「自分ではとても利口なつもりだったのに」

「利口なことをしようとしないほうが、はるかにいいのですよ」警部は言った。クラリッサの向かいにすわった。「さて、今夜、本当は何があったのです？」

第十八章

しばらくのあいだ、クラリッサは無言だった。やがて、警部の目をじっと見て話を始めた。「そもそもの始まりはすでにお話ししたとおりです。わたしがオリヴァー・コステロに別れを告げると、オリヴァーはミス・ピークと一緒に出ていきました。舞い戻ってくるなんて夢にも思わなかったし、なぜ戻ってきたのか、いまだに理解できません」言葉を切り、次に何があったのかを思いだそうとしているように見えた。「ああ、そうそう」話を続けた。「ほどなく夫が帰ってきて、またすぐ出かけなくてはならないと言いました。夫が車で出かけていったので、わたしは玄関ドアを閉め、ちゃんと錠をかけたことを確認したのですが、そこで急に不安になったんです」

「不安？」警部は困惑の表情で尋ねた。「どうしてです？」

「まあ、ふだんはそう神経質でもないんですけど」たっぷりと感情をこめて、クラリッサは警部に言った。「ふと気づいたんです――夜間に自宅で大人がわたしだけになったことは一度もなかったって」

そこで黙りこんだ。「なるほど。続けてください」警部は話の先を促した。

「バカなことを考えるのはやめなさいって自分に言いました。〝電話があるでしょ。いつだって電話で助けを呼べるわ〟って。〝泥棒が来るのは夜のこんな時間じゃないわ。真夜中に忍びこむのよ〟と、自分に言い聞かせました。それでも、どこかでドアが閉まる音がしたり、上の階にあるわたしの寝室で足音が聞こえたりするような気がしてなりませんでした。だから、何かしたほうがいいと思いましたの」

クラリッサがまた黙りこんだので、警部もふたたび話の先を促した。「それで？」

「台所へ行って、サンドイッチを作りました。ヘンリーとジョーンズ氏が戻ってきたときに食べてもらおうと思って。お皿にきれいに並べて、パサパサにならないようにナプキンで包んでから、この部屋に運ぼうと思って廊下を横切ったとき――」クラリッサは芝居じみた雰囲気で言葉を切った。「本当に物音が聞こえたんです」

「どこで？」

「この部屋でした。今度こそ気のせいじゃないことはわかっていました。引出しを開け閉めする音が聞こえて、そこで急に、フレンチドアに鍵がかかっていないことを思いだしました。ふだんから、かけたことがないんです。誰かがそこから入りこんだのでしょう」

クラリッサはまたしても黙りこんだ。「続けてください、ヘイルシャム＝ブラウン夫人」警部は冷静に言った。

クラリッサは無力さをしぐさで示した。「どうすればいいのかわからなくて……。怖くて動けませんでした。凍りついてしまったんです。そこでふと考えました。〝なんでもないことに怯えてるだけだったら？　ヘンリーが何かとりに戻ってきただけだったら？——あるいは、ローランド卿かほかの誰かかもしれない。二階へ行って警察に電話なんかしたら、とんだ恥さらしになるかもしれない〟と。そこで、あることを思いついたんです」

クラリッサはふたたび黙りこんだ。「それで？」という警部の口調に、今回は軽い苛立ちがこもっていた。

「廊下のコート掛けのところへ行って」クラリッサはゆっくりと説明した。「重そうなステッキを手にしました。それから書斎に入りました。明かりはつけませんでした。手探りで部屋を横切り、例のスペースのほうへ行きました。扉を静かにあけて、スペースに入りこみました。この部屋に通じるパネルをそっと開けば、誰がいるのかわかると思ったんです」クラリッサはパネルを指さした。「この家のことを知らない人だったら、そこにパネルがあるなんて夢にも思わないはずです」

「たしかに」警部は同意した。「思わないでしょうな」

クラリッサはいまや、話すのを楽しんでいると言ってもいい様子だった。「掛け金をはずそうとしたら、指がすべってパネルが勢いよく開き、椅子にぶつかってしまったんです。机のそばにいた男性が身を起こしました。その手に何か光るものが握られているのが見えました。リボルバーだと思い、わたしは震え上がりました。撃たれると思って。ステッキで力いっぱい男を殴りつけたところ、男は倒れてしまいました」

クラリッサはぐったりし、両手に顔を埋めてテーブルにもたれかかった。「あのう――ブランデーを少しいただけません？」警部に頼んだ。

「ええ、もちろん」警部は立ち上がった。「ジョーンズ！」と呼んだ。巡査がグラスにブランデーを注いで警部に渡した。クラリッサは一度顔を上げたが、すぐにまた顔を覆い、ブランデーを持ってきた警部のほうへ片手を伸ばした。ひと口飲んで、むせてしまい、グラスを警部に返した。ジョーンズ巡査が渡されたグラスをテーブルに置いて自分の席に戻り、ふたたび記録をとりはじめた。

警部がクラリッサを見た。「話を続けられそうですか、ヘイルシャム＝ブラウン夫人？」同情をこめて尋ねた。

「はい」クラリッサは警部を見上げた。「ご親切にどうも」息を吸ってから話に戻った。「男はそこに倒れていました。ぴくりとも動かずに。明かりをつけてみて、オリヴァー・コステロだとわかりました。死んでいました。ぞっとしました。もう――何がなんだかわからなくて」

クラリッサは机のほうを手で示した。「あの人があそこで何をしていたのかわからないんです。机をいじっていたようですが。こちらは悪夢にうなされている気分でした。怖くてたまらなくなり、クラブハウスに電話してしまいました。ローランド卿にそばにいてほしくて。三人とも飛んで帰ってきました。そこでみんなに助けを求めたんです。死体を運びだしてほしいって――どこかへ」

警部はクラリッサを凝視した。「しかし、なぜ？」

クラリッサは顔を背けた。「わたしが臆病だったからです。情けない臆病者。世間の噂になり、法廷にひきずりだされるのが怖かった。夫にも、夫の経歴にも、傷がついてしまいますもの」

ふたたび警部のほうを向いた。「あれが本当に強盗だったのなら、なんとか対処できたかもしれませんけど、知っている相手でしたし、夫の最初の奥さんと結婚している人だったので――ああ、もう困り果ててしまいましたの」

「もしかして」警部は探りを入れた。「死んだ男がその少し前にあなたをゆすろうとしたからではないですか？」

「ゆする？　いいえ、そんなバカな！」クラリッサは自信たっぷりに答えた。「ばかばかしくて話になりません。人にゆすられるようなことは、わたしには何もありません」

「お宅の執事のエルジンが〝ゆすり〟という言葉を耳にしているのですが」

「執事がそんな言葉を聞いたなんて信じられません」クラリッサは答えた。「ありえませんもの。たぶん、彼のでっち上げです」

「すると、ヘイルシャム＝ブラウン夫人、〝ゆすり〟という言葉はまったく出ていないと本気でおっしゃってるんですか？　執事がなぜでっち上げたりするんです？」

「誓って申し上げますが、ゆすりなどという言葉は出ておりません」クラリッサは強い口調で言い、片手でテーブルをドンと叩いた。「いいですか――」その手を宙で止め、急に笑いだした。「いえ、うっかりしてました。そうだわ。たしかに申しました」

「思いだしたんですか？」警部は冷静に尋ねた。

「たいしたことじゃないんです」クラリッサは警部に断言した。「家具つき住宅の家賃がばかばかしいほど高いってオリヴァーが言うものですから、わたし、うちは驚くほど運がよくて、ここの家賃は週にたった四ギニーだと申しましたの。すると、オリヴァーが〝信じられないな、クラリッサ。どんな手を使ったんだい？　家主をゆすったんだろ〟と言いました。そこで、わたしは笑って〝そうよ。ゆすったの〟と答えたんです」

クラリッサはそのときのやりとりを思いだしている様子で、笑い声を上げた。「くだらない冗談だったんです。覚えてもいなかったほどですもの」

「あいにくですが、ヘイルシャム＝ブラウン夫人、わたしにはどうにも信じられません」

クラリッサは驚きの表情になった。「何が信じられないんです？」

「この屋敷の家賃が家具つきで週にわずか四ギニーだなんて」

「あらあら！　警部さんのように疑り深い方にお目にかかったのは初めてだわ」クラリッサはそう言いながら立ち上がり、机のほうへ行った。「今夜、わたしが申し上げたことを何ひとつ信じてらっしゃらないようね。わたしにも大部分は証明できませんけど、家賃のことだけは証明できます。さあ、証拠をお見せしましょう」

クラリッサは机の引出しをあけて、なかの書類を手で探った。「あ、これです」と大きな声で言った。「いえ、これじゃない。そう！　ありました」引出しから書類をとりだして警部に見せた。「この屋敷の家具つき賃貸契約書です。財産管理にあたっている弁護士事務所が作成したもので、ほら――週に四ギニーと書いてあるでしょ」

警部は衝撃を受けたようだった。「ほう、こりゃ驚きだ！　ふつうではまず考えられない。ありえませんよ。もっとずっと高いと思っていました」

クラリッサはいちばん魅惑的な笑みを警部に向けた。「わたしに謝罪なさったほうがいいとお思いになりません？」

警部はそれなりの愛想を声にこめて答えた。「心からお詫びします、ヘイルシャム＝ブラウン夫人。だが、どう考えても妙ですなあ」

「えっ？　どういう意味でしょう？」書類を引出しに戻しながら、クラリッサは尋ねた。

「じつは、まったくの偶然なんですが、ある夫婦がこちらの屋敷を下見に来ましてね、奥さんがこのあたりでとても高価なブローチをなくしてしまったんです。警察に駆けこんできて、ブローチの特徴などを伝えてくれたんですが、そこでたまたまこの屋敷の話が出まして、家賃がやけに高いと言っていました。こんな田舎にあって、どこへ行くにも何キロも離れている屋敷の家賃が週に十八ギニーだなんて非常識だと思ったようです。わたしも同感でした」

「そうね、非常識だわ。高すぎます」クラリッサは愛想のいい笑顔で同意した。「警部さんが疑ってらっしゃる理由はわかりました。でも、わたしが申し上げたことも、少しは信じていただけないものかしら」

「あなたの〝最後の〟お話は疑っておりませんよ、ヘイルシャム＝ブラウン夫人。真実を耳にすれば、警官はたいていわかるものです。わたしにもわかりました――あの三人の紳士がこのように軽率な隠蔽計画を立てたのには、何か重大な理由がありそうだということが」

「あの人たちをあまり咎めないでください、警部さん」クラリッサは懇願した。「悪いのはわたしですもの。わたしがしつこく頼んだからです」

クラリッサの魅力をひどく意識しつつ、警部は答えた。「まあ、その点は疑っておりません。ただ、いまだに理解できないんですが、そもそも誰が警察に電話をかけて殺人の通報をしたのでしょう？」

「ええ、そこが不思議ですわね！」クラリッサはハッと驚いた口調になった。「すっかり忘れていました」

「あなたでないことは明らかだし、三人の紳士の誰でもないはずだ――」

クラリッサは首を横にふった。「もしかして、エルジンかしら」と考えこんだ。「それとも、ミス・ピーク？」

「ミス・ピークの可能性はないと思います。コステロの死体があそこにあることも知らなかったようですし」

「ほんとにそうでしょうか？」クラリッサは考えこみながら言った。

「いやいや、死体が見つかったときはヒステリー状態でしたよ」

「あら、たいした意味はないわ。ヒステリーぐらい誰だって起こしますもの」クラリッサは不用意なことを口にした。警部に疑いの視線を向けられたので、思いきり無邪気な微笑を返すのが得策だと判断した。

「いずれにしろ、ミス・ピークはこの屋敷に住んでいるわけではない。敷地内のコテージで一人暮らしですよね」警部は言った。

「でも、屋敷に出入りすることはできます。だって、すべての部屋の合鍵を持ってますから」

警部は首を横にふった。「いや、警察に電話してきたのはエルジンのような気がします」

クラリッサは警部に近づき、いささか不安そうな笑みを向けた。「わたしを刑務所に入れるおつもりなどないでしょうね？　そんなことはありえないとローリーおじも言っておりましたが」

警部はクラリッサを厳しい目で見た。「まだ間に合ううちに供述を変えて、真実をお話しになったのはいいことです」いかめしく助言をした。「しかし、ひとつ言わせていただいてもよろしければ、ヘイルシャム＝ブラウン夫人、一刻も早く弁護士に連絡をとり、事件に関係した事実をすべてお話しになるべきです。そのあいだに、奥さんの供述をわたしのほうでタイプさせ、あとで読み上げることにしますので、そこに署名をお願いします」

クラリッサが返事をしようとしたとき、廊下のドアが開いてローランド卿が入ってきた。「これ以上ひっこんではいられません。もうよろしいでしょう、警部さん？　われわれの困った立場をご理解いただけますね？」

ローランド卿がそれ以上何か言う前に、クラリッサが彼のところへ行った。「ローリーおじさま」その手をとった。「いま供述したところなのよ。で、警察が——というより、こちらのジョーンズ巡査が——それをタイプしてくださるの。次にわたしが署名をする。ほんとにもう何もかもお話ししたわ」

警部が巡査のところへ行って打ち合わせを始めたので、クラリッサは声をひそめてローランド卿に話を続けた。「警部さんに申し上げたのよ——てっきり強盗だと思って」〝強盗〟という言葉を強調した。「頭を殴りつけてしまったって——」

ローランド卿が驚いてクラリッサを見つめ、口を開いて何か言おうとしたが、クラリッサはあわててその口を片手でふさいで何も言えないようにした。早口で先を続けた。

「次に、相手がオリヴァー・コステロだとわかって狼狽してしまい、おじさまたちに電話して、しつこくお願いしたら、ようやくみなさんが助けに駆けつけてくれたってことも。いまならわかるわ。自分がどんなに愚かだったか――」

警部がふりむいて二人に目をやり、クラリッサは間一髪のところで、ローランド卿の口をふさいでいた手を離した。「でも、あのときは……震え上がってしまって、オリヴァーの死体がマーズデンの森で見つかれば、誰にとっても――わたしにも、夫にも、さらにはミランダにとっても――都合がいいと思ったの」

ローランド卿は仰天した様子だった。「クラリッサ！　いったいどんな話をしたんだ？」とあえいだ。

「ヘイルシャム゠ブラウン夫人は完全な供述をしてくれました」警部が満足そうに言った。

ローランド卿はいくらか冷静さをとりもどしてそっけなく答えた。「そのようですな」

「それがいちばんいいことなのよ」クラリッサは言った。「ううん、そうするしかなかったの。警部さんに言われてわかったわ。くだらない嘘ばかりついてしまって心から後悔してる」

「正直に話したほうが、はるかに面倒が少ないものです」警部はクラリッサに断言した。

「さて、ヘイルシャム゠ブラウン夫人、あのスペースに死体があるあいだは、奥まで入るようお願いするつもりはありませんが、奥さんがあそこを通ってこの部屋に入られたとき、男がどこに立っていたのか、正確な場所を教えていただけないでしょうか」

「はい――わかりました――ええと――あの男は――」クラリッサはためらいがちに口を開いた。机のほうへ行った。「違うわ。いま思いだしました。男はここにいたんです。こんなふうに」机の端にもたれかかった。

「わたしが声をかけたらパネルを開いてくれ、ジョーンズ」警部が巡査に合図をすると、ジョーンズは立ち上がり、パネルのスイッチに手をかけた。

「なるほど」警部はクラリッサに言った。「男はそこに立っていたわけですね。そして、パネルが開いたので、奥さんはこちらに出てきた。わかりました。いまここで奥さんにそこを覗いて死体を見てもらおうなどとは思っておりませんので、パネルが開いたらその前に立ってくださるだけでけっこうです。さあ――ジョーンズ」

巡査がスイッチを操作すると、パネルが開いた。パネルの奥は空っぽで、床に小さな紙切れが落ちているだけだった。それをジョーンズ巡査が拾い上げ、警部がクラリッサとローランド卿に非難の目を向けた。

紙切れに書いてあることを巡査が読みあげた。「ざまあみろ!」警部が巡査から紙片をひったくるあいだに、クラリッサとローランド卿は驚きの視線を交わした。

玄関ドアから聞こえる長いベルの音が静寂を破った。

第十九章

しばらくすると、エルジンが客間に入ってきて、この地区を担当する検死医が到着したことを告げた。警部と巡査はすぐさま執事について玄関まで行き、警部はそこで、よく見てみたら調べるべき死体がどこにもなかったことを検死医に白状するという、誰にも羨（うらや）まれることのない仕事にとりかかった。

「なあ、ロード警部」検死医がいらいらしながら言った。「とんだ無駄足を踏まされるのがどれだけ腹立たしいことか、きみ、わかっているのかね？」

「いやいや、ほんとですってば、先生」警部は説明しようとした。「死体は本当にあったんです」

「警部の言うとおりです、先生」ジョーンズも声をそろえた。「死体は間違いなくありました。ただ、消えてしまったんです」

彼らの声を耳にして、ヒューゴとジェレミーが廊下の向こうのダイニングルームから出てきた。愚にもつかない意見を言わずにはいられない二人だった。「きみたち警官がどうやって仕事をこなせるのか、わたしにはわからない――死体をなくしてしまうとは」ヒューゴは文句を言い、いっぽう、ジェレミーのほうは「なんで死体に見張りをつけておかなかったのか、ぼくには理解できない」と声を張り上げた。

「まあ、何が起きたにせよ、わたしが調べるべき死体がどこにもないのなら、これ以上時間を無駄にするのはお断りだ」検死医は警部にぴしっと言った。「この件についてはあとでまた連絡させてもらう、ロード警部」

「はい、先生。それは当然でしょう。おやすみなさい、先生」警部はうんざりしながら答えた。

検死医が出ていって背後の玄関ドアを乱暴に閉めたあと、警部がエルジンのほうを向くと、エルジンは先まわりをして早口で言った。「わたくしは何も存じません。本当でございます。何ひとつ存じません」

いっぽう、客間ではクラリッサとローランド卿が警察の苦境を盗み聞きして楽しんでいた。「警察も悪いときに応援隊をよこしたものだ」ローランド卿はクスッと笑った。「調べるべき死体がどこにもないので、検死医がむっとしておったようだな」

クラリッサもフフッと笑った。「でも、誰が運びだしたのかしら」と訊いた。「ジェレミーががんばったんだと思う?」

「あいつにできたとは思えん」ローランド卿は答えた。「警察は誰一人書斎に戻そうとしなかったし、書斎から廊下へ出るドアは施錠されていた。ピッパの〝ざまあみろ〟がとどめの一撃だった」

クラリッサが笑うと、ローランド卿はさらに続けた。「だが、あれでわかったことがひとつある。コステロは秘密の引出しをあけたんだ」ローランド卿はそこで黙りこみ、態度を変えた。「クラリッサ」真剣な口調で言った。「わたしが頼んだときに、なぜ警部に本当のことを言わなかった?」

「言ったわよ」クラリッサは反論した。「ピッパに関することだけは別として。でも、警部はわたしの言葉なんか信じてくれなかった」

「しかし、なぜまた、あんなくだらんことを警部の頭に吹きこまなきゃならなかったんだ?」ローランド卿は執拗に尋ねた。

「だって」クラリッサはどうにもできないでしょと言いたげなしぐさで答えた。「それなら信じてもらえそうな気がしたの。しかも」勝ち誇ったように言い終えた。「いままでは向こうもわたしの言葉を信じてるわ」

「その結果、おまえは窮地に陥っている」ローランド卿が指摘した。「おそらく故殺の罪をかぶることになるだろう」

「正当防衛だと主張するつもりよ」クラリッサは自信たっぷりに言った。

ローランド卿が返事をする暇もないうちに、廊下からヒューゴとジェレミーが入ってきて、ヒューゴがぶつぶつ言いながらブリッジテーブルのほうへ行った。「しょうもない警察だ。われわれをつつきまわしたあげく、今度は死体を紛失したようだ」

ジェレミーが背後のドアを閉めてからベンチのところへ行き、サンドイッチを手にとった。「まったく滑稽ですよ」と言った。

「変よねえ」クラリッサは言った。「変なことばっかり。死体はなくなるし、そもそも誰が警察に電話して、ここで殺人が起きたなんて言ったのか、わたしたちにはまだわからない」

「うーん、そいつはエルジンだよ、きっと」ジェレミーはそう言いながらソファの肘掛けに腰を下ろし、サンドイッチを食べはじめた。

「違う、違う」ヒューゴは不賛成だった。「わたしが思うに、あのピークって女だ」

「でも、どうして?」クラリッサが訊いた。「二人のどちらかが電話しておいて、どうしてわたしたちに内緒にするの？　そんなの変だわ」

ミス・ピークが廊下のドアから顔を覗かせて、何か陰謀を企んでいるかのようにあたりを見まわした。「よしよし、邪魔者はいませんね」と言った。ドアを閉め、自信に満ちた足取りで部屋に入ってきた。「おまわりもいないですね？　屋敷じゅうにうようよいるように見えますけど」

「いまは家のなかと庭を捜索するのに忙しいみたいだ」ローランド卿はミス・ピークに言った。

「何を捜してんです？」

「死体ですよ」ローランド卿は答えた。「消えてしまった」

ミス・ピークはいつものようにはしゃいだ笑い声を上げた。「そりゃ傑作だ！」と声を轟かせた。「消えた死体ってわけですね？」

ヒューゴがブリッジテーブルに腰を下ろした。部屋を見まわしながら、誰にともなく言った。「悪夢だ。すべてが悪夢のようだ」

「まるで映画みたいですね、奥さん」ミス・ピークが言って、またしてもけたたましい笑い声を上げた。

ローランド卿がこの庭師に笑みを向けた。「気分がよくなっているといいのだが、ミス・ピーク？」と、礼儀正しく尋ねた。

「ああ、あたしなら大丈夫」ミス・ピークは答えた。「ほんとはけっこう頑丈にできてんです。ただ、あのドアをあけたら死体があったもんだから、びっくりしちまって。一瞬、肝をつぶしましたよ」

「ねえ、もしかして」クラリッサが静かにいった。「あそこに死体があるのをすでに知ってたんじゃない？」

庭師は目を丸くしてクラリッサを見た。「誰が？　あたしがですか？」

「そう。あなたが」

ふたたび、誰にともなくという感じでヒューゴが言った。「どうにもわけがわからん。なぜ死体を持ち去ったりするんだ？　死体があることは全員が知っている。身元も、その他もろもろのこともわかっている。隠したところでなんの意味もない。そのまま置いておけばいいではないか？」

「あら、あたしだったら、なんの意味もないとは言いませんね、バーチ判事」ミス・ピークがブリッジテーブルに身を乗りだしてヒューゴに語りかけ、彼の言葉を正した。「死体がなきゃ話になりませんよ。犯人の身柄を押さえたりするにもね。誰かに殺人の疑いをかけるときは、その前にまず死体がなくちゃ、でしょ」ミス・ピークはクラリッサのほうを向いた。「だから、心配いりませんってば、奥さん」と安心させた。「何もかもうまくいきますから」

クラリッサは彼女を凝視した。「どういう意味？」

「あたしは今夜、耳をずっと澄ましといたんです。客用寝室で黙って寝てたわけじゃないんですよ」ミス・ピークはすべての者を見まわした。「あのエルジンって男も、かみさんも、どうも好きになれません」と話を続けた。「ドアのとこで立ち聞きして、〝ゆすり〟がどうのって話を警察にチクったりするんだから」

「じゃ、あなたも聞いたの？」クラリッサは不思議そうに尋ねた。

「あたし、いつも言ってんです。女どうし、助け合わなきゃって」ミス・ピークはきっぱり言った。ヒューゴを見た。「男なんて！」と鼻を鳴らした。「男とはどうも気が合わない」ソファのクラリッサのとなりにすわった。「死体が見つかんなきゃ」と説明した。「警察だって奥さんを罪に問うことはできない。それに、あたしに言わせりゃ、あのろくでなしが奥さんをゆすってたのなら、頭を叩き割っていい厄介払いができたってもんですよ」

「いえ、わたしはべつに――」クラリッサはおずおずと言いかけたが、ミス・ピークにさえぎられただけだった。

「奥さんがあの警部に何もかもしゃべってるのを聞きましたよ。こそこそ盗み聞きするあのエルジンって男さえいなきゃ、奥さんの話で立派に通用したはずなんです。信憑性がありましたもん」

「どの話のことを言ってるの？」クラリッサは疑問を口にした。

「あの男を泥棒と間違えたって話ですよ。〝ゆすり〟なんて線が出てきたもんだから、すっかりややこしくなっちまいましたけどね。だから、すべきことはひとつしかないとあたしは思ったわけです」ミス・ピークは話を続けた。「死体を隠して、警察に無駄な捜索をさせるしかないって」

ローランド卿が信じられない思いでよろよろとあとずさったが、ミス・ピークのほうは満足そうにあたりを見まわした。「ほんとにうまくいきましたよ。自分で言うのもなんですけど」と自慢した。

ジェレミーが立ち上がった。すっかり感心していた。「すると、死体を動かしたのはあなただったんですか？」信じられないと言いたげに尋ねた。

いまや全員がミス・ピークを見つめていた。「あたしたちみんな、友達ですよね？」全員を見まわして、ミス・ピークは尋ねた。「だから、秘密を打ち明けちゃいます。そうなんです」と認めた。「死体を動かしたのはこのあたし」ポケットを叩いてみせた。「そして、ドアに鍵をかけたんです。このお屋敷のドアの鍵は全部持ってますから、何も問題はなかったです」

クラリッサは口をぽかんとあけ、驚きの表情でミス・ピークを見つめた。「でも、どうやって？　どこに――どこに死体を隠したの？」あえぎ声で尋ねた。

ミス・ピークは前かがみになると、共犯者めいたささやきで答えた。「あたしが寝てた部屋のベッドですよ。ほら、あの大きな四柱式ベッド。あれの頭のほうに真横に置いたんです。枕の下に。それから、自分でベッドメイキングしなおして、その上で横になったってわけです」

ローランド卿は呆然として、ブリッジテーブルの椅子にすわった。

「でも、死体をどうやってその寝室まで運んだの？」クラリッサが尋ねた。「一人で全部やるなんて無理でしょ」

「奥さん、きっと驚きますよ」ミス・ピークは楽しそうに言った。「火事場のバカ力ってやつですかね。肩に担いでいったんです」その様子を実演してみせた。

「しかし、階段で誰かに会ったらどうするつもりだったんです？」ローランド卿が尋ねた。

「まあ、でも、会わなかったし」ミス・ピークは答えた。「警察の連中はここで奥さんと話をしていた。あなたたち三人はダイニングルームに押しこめられたあとだった。だからあたしはチャンスをつかみ、もちろん死体も担いで廊下に出てから、書斎のドアにもう一度鍵をかけ、階段をのぼってあの寝室へ死体を運びこんだってわけです」

「はあ……なんと大胆な！」ローランド卿があえいだ。

クラリッサは立ち上がった。「でも、枕の下にずっと置いておくわけにはいかないわよ」と指摘した。

ミス・ピークがクラリッサのほうを向いた。「もちろん、ずっとは無理ですよ、奥さん。けど、丸一日ぐらいなら大丈夫。そのころには、警察も屋敷と庭の捜索を終えてますよ。もっと遠くを捜してるはずです」

ミス・ピークは魅入られたように話に聞き入る人々を見まわした。「さて、どうやって始末すればいいかずっと考えてたんですけどね」さらに続けた。「けさ、たまたま、庭に深い大きな溝を掘ったんです――スイートピーを植えようと思って。ねえ、死体はあそこに埋めちまって、まわりにスイートピーを二列ずつ植えることにしましょうよ」

完全に言葉を失って、クラリッサはソファに崩れるようにすわりこんだ。

「しかしね、ミス・ピーク」ローランド卿が言った。「残念ながら、現代では、個人の墓掘りは禁じられている」

これを聞いて、ミス・ピークは陽気な笑い声を上げた。「おやまあ、殿方にも困ったもんだ！」ローランド卿に向かって指をふりながら叫んだ。「いつだって融通が利かないんだから。あたしたち女のほうが、もっと分別があります」向きを変えてクラリッサに話しかけた。「殺人だって冷静にやってのけられます。ね、そうでしょう、奥さん？」

ヒューゴが急に立ち上がった。「くだらん！」と叫んだ。「クラリッサが殺したわけじゃない。わたしはひとことだって信じない」

「あら、もし奥さんが殺したんでなきゃ」ミス・ピークが陽気に訊いた。「誰がやったというんです？」

ちょうどそのとき、廊下からピッパが部屋に入ってきた。パジャマの上にガウンをはおり、あくびをしながらひどく眠そうな様子で歩き、チョコレートムースをのせたガラスの皿を手にしている。皿にはスプーンもつけてある。みんながふりむいてピッパを見つめた。

第二十章

　驚いたクラリッサがあわてて立ち上がった。「ピッパ！」と叫んだ。「ベッドから抜けだして何をしてるの？」

「目がさめちゃったから、下りてきた」あくびをする合間にピッパは言った。

　クラリッサはピッパをソファのほうへ連れていった。「おなかがペコペコだったんだもん」ふたたびあくびをしながら、ピッパは文句を言った。ソファにすわり、クラリッサを見上げて、非難がましく言った。「これ持ってきてくれるって言ったじゃない」

　クラリッサはチョコレートムースの皿をピッパからとりあげ、ベンチに置いてから、ピッパの横に腰を下ろした。「まだ寝てると思ったのよ、ピッパ」

「寝てたわ」またしても大あくびをして、ピッパは言った。「そのあとでおまわりさんが入ってきて、あたしを見てるような気がしたの。怖い夢を見てて、そこで半分目がさめちゃった。でね、おなかがペコペコだったから、一階に下りようって思ったの」と説明した。

ピッパは身を震わせ、みんなを見まわしてさらに続けた。「それに、ほんとかもしれないと思ったし」

ローランド卿がやってきて、ピッパと向かい合ってソファにすわった。「ほんとかもしれないって、なんのことだね、ピッパ」と尋ねた。

「あの怖い夢よ。オリヴァーの夢」ピッパは答え、思いだしたとたんに身震いした。

「オリヴァーの夢とは、どんな夢だったのかな、ピッパ？」ローランド卿が静かに尋ねた。「話してごらん」

ピッパは心配そうな顔をして、型に入れて作った小さな蠟人形をガウンのポケットからとりだした。「今日の夕方作ったの。ろうそくを溶かして、それからピンを真っ赤に熱してこれに突き刺したのよ」

ピッパが小さな蠟人形をローランド卿に渡したとき、ジェレミーが不意に、「まいったな！」と驚きの叫びを上げた。あわてて立ち上がり、室内を見まわして、ピッパが前に彼に見せようとした本を捜した。

「正しい呪文を言ったし、そのほかのこともちゃんとやったのよ」ピッパはローランド卿に説明していた。「でも、本のとおりにはいかなかった」

「なんの本？」クラリッサが訊いた。「なんのことやらさっぱり」

書棚を順々に見ていったジェレミーがようやく目当てのものを見つけた。「あ、これだ」と叫んで、ソファのうしろからクラリッサに本を渡した。「ピッパが今日、露天の古本屋で買ったそうです。レシピブックとか言ってましたよ」

ピッパが急に笑いだした。「で、あたしに〝それ、食べられるのかい？〟とかなんとか言ったよね」とジェレミーに言った。

クラリッサは本を調べた。「『ぜったいよく効く呪文百選』」表紙の文字を読んだ。本を開いてさらに読み上げた。「〝イボをとるには。願いごとを叶（かな）えるには。敵を破滅させるには〟。ちょ、ちょっと、ピッパ、こういうことをしたわけ？」

ピッパは継母をまじめな顔で見て、「うん」と答えた。

クラリッサがジェレミーに本を返すあいだに、ピッパはローランド卿が手にしたままの蠟人形を見た。「オリヴァーにはあんまり似てないけどね」と正直に言った。「それに、オリヴァーの髪の毛を手に入れることもできなかった。でも、できるだけ本人に似せたのよ——でね——でね——夢を見たの——」話をしながら、顔にかかった髪をどけた。「ここに下りてきたら彼がいるように思ったの」ソファの背後を指さした。「で、何もかも本当だった」

ローランド卿が蠟人形をベンチに静かに置くあいだも、ピッパは話を続けた。「死んだオリヴァーがそこにいた。あたしが殺したの」みんなを見まわして震えはじめた。

「ほんと?」と訊いた。「あたしが殺しちゃった?」

「違うわ、ピッパ。違いますとも」クラリッサは涙ながらに言ってピッパに片腕をまわした。

「でも、オリヴァーはそこにいたのよ」ピッパは強く言った。

「知ってるよ、ピッパ」ローランド卿が言った。「だけど、きみは殺してない。熱したピンを蠟人形に突き刺したときにきみが殺したのは、あの男に対する憎悪と恐怖だったんだ。きみはもはやオリヴァーを恐れてはいないし、憎んでもいない。そうじゃないかね?」

ピッパは彼のほうを向いた。「うん、そうだね」と認めた。「でも、あたしはオリヴァーを見た」ソファのうしろのほうをちらっと見やった。「ここに下りてきて、そこに倒れてるオリヴァーを見たの。死んでた」ピッパはローランド卿の胸に頭をもたせかけた。「ほんとに見たんだってば、ローリーおじさま」

「うん、そうだ、きみはオリヴァーを見た」ローランド卿は優しくピッパに言った。

「だけど、彼を殺したのはきみではない」ピッパが不安な目で彼を見上げると、ローランド卿はさらに続けた。「さあ、よくお聞き、ピッパ。誰かが大きなステッキでオリヴァーの頭を殴りつけた。きみはやっていない。そうだね？」

「もちろん」ピッパは頭を勢いよく横にふった。「うん、ステッキなんか使ってない」クラリッサのほうを向いた。「ジェレミーが持ってるようなゴルフクラブのこと？」

ジェレミーは笑った。「いや、ゴルフクラブじゃないよ、ピッパ」と説明した。「廊下のコート掛けのところに置いてあるような、あの大きな重いステッキさ」

「もともとセロンさんのものだったステッキで、ミス・ピークが〝南アフリカの棍棒〟って呼んでるやつ？」

　ジェレミーはうなずいた。

「ううん、無理」ピッパは彼に言った。「あたし、そんなことしない。できるわけないもん」ふたたびローランド卿のほうを見た。「ねえ、ローリーおじさま、あたしがオリヴァーを殺すなんて、そんなわけないよ」

「もちろんですとも」クラリッサが良識に満ちた冷静な声で横から言った。「さあ、もういいからチョコレートムースを食べて、みんな忘れてしまいなさい」皿を手にとって差しだしたが、ピッパが首を横にふってことわったので、クラリッサは皿をベンチに戻した。ローランド卿と二人でピッパをソファに寝かせて、クラリッサがピッパの手をとり、ローランド卿は少女の髪を愛しげになでた。

「あたしにはちんぷんかんぷんですよ」ミス・ピークが言った。「なんです、その本？」本に目を通しているジェレミーに尋ねた。

「〝隣の牛を疫病にかからせるにはどうするか〟。こういうのに興味はありませんか、ミス・ピーク？」ジェレミーは答えた。「呪文を少し変えれば、隣家のバラを黒星病にすることもできますよ」

「なんの話だかさっぱりわからない」ミス・ピークがぶっきらぼうに言った。

「黒魔術ですよ」ジェレミーは説明した。

「あたしゃ、迷信深い人間じゃないんでね。せっかくだけど」ミス・ピークはくだらないと言いたげに鼻を鳴らして、ジェレミーから離れた。

ヒューゴは事態の展開についていこうと努めていたが、ここでついに白状した。「頭がすっかり混乱してしまった」

「あたしもですよ」ミス・ピークがヒューゴの肩を叩いて同意した。「さてと、ちょっとあっちへ行って、おまわりたちが何してんのか、見てくることにしましょう」またしても例のけたたましい笑い声を上げて、ミス・ピークは廊下へ出ていった。

ローランド卿がクラリッサ、ヒューゴ、ジェレミーを順々に見た。「さて、われわれはどうすればいい？」疑問を口にした。

クラリッサはこの数分間に新たにわかったことを理解しようとしている最中だった。

「わたしったら、なんてバカだったのかしら」当惑の声を上げた。「ピッパのはずがないことぐらい、最初からわかりそうなものだったのに——この本のことをぜんぜん知らなかったの。あの男を殺したってピッパに言われて、わたし——すっかり真に受けてしまった」

ヒューゴが立ち上がった。「えっ、それじゃ、ピッパがやったと思っていたのか——」

「ええ、そうなの」クラリッサは焦った様子で強硬にヒューゴをさえぎり、それ以上何も言わせまいとした。しかし、ピッパは幸い、ソファでもうぐっすり寝入っていた。

「ふむ、なるほど」ヒューゴは言った。「それでわかってきたよ。やれやれ！」

「ねえ、いますぐ警察の人に会って本当のことを話したほうがいいですよ」ジェレミーが提案した。

ローランド卿が考えこみながら首を横にふった。「それはどうかな」とつぶやいた。

「クラリッサがすでに三通りの話を警察にしてしまったし——」

「ううん。待って」不意にクラリッサが割って入った。「いまちょっと思いついたことがあるの。ヒューゴ、セロンさんのお店って、どんな名前だった？」

「ただの骨董店だったが」ヒューゴは曖昧に答えた。

「ええ、それは知ってるわ」クラリッサは苛立たしげに叫んだ。「でも、店名はなんだった？」

「どういう意味だね――〝店名はなんだった〟だなんて？」

「まったくもう、やりにくい人ね」クラリッサはヒューゴに言った。「あなた、さっき店名を言ったでしょ。だから、もう一度言ってちょうだい。ただ、わたしからこれこれこう言ってほしいとは言いたくないし、あなたのかわりに言うつもりもないの」

ヒューゴ、ジェレミー、ローランド卿の全員が顔を見合わせた。「この人が何を言おうとしてるかわかるかね、ローリー？」ヒューゴが情けない口調で尋ねた。

「さっぱりわからん」ローランド卿が答えた。「もう一度言ってごらん、クラリッサ」

クラリッサは憤慨の表情になった。「とっても簡単なことよ」と強く言った。「メイドストーンの骨董店の名前はなんでした？」

「名前なんかなかったぞ」ヒューゴが答えた。だいたい、骨董店にしゃれた名前などついてるわけがない」

「まったくもう……忍耐が必要だわ」クラリッサは食いしばった歯のあいだからつぶやいた。ゆっくりと明瞭に話し、それぞれの単語のあとに区切りを入れながら、もう一度ヒューゴに尋ねた。「ドアに——なんて——書いてありました？」

「ドアに？　いや、何も」ヒューゴはいった。「何を書けというのだ？　オーナーの名前を書くに決まっている。〈セロン＆ブラウン〉ってね」

「ああ、やっと出た」クラリッサはうれしそうに叫んだ。「たしか前にそう聞いたと思ったけど、自信がなかったの。そうよ、〈セロン＆ブラウン〉ってお店だったんだわ。わたしの名前はヘイルシャム＝ブラウン」クラリッサは三人の男性を順々に見まわしたが、三人ともまるでわけがわからないという顔で見つめ返すだけだった。

「わたしたち、この家をただ同然の値段で借りたでしょ」クラリッサは話を続けた。「ところが、わたしたちの前に家を見に来た人はものすごく高い金額を言われて、呆れて帰ってしまったそうなの。ね、これでわかったでしょ？」

ヒューゴはぽかんとした顔で彼女を見てから答えた。「いや」

ジェレミーも首を横にふった。「まだわからない」

ローランド卿が鋭い目でクラリッサを見た。「おぼろげにわかってきたぞ」と、考えこみながら言った。

クラリッサの顔に強烈な興奮の表情が浮かんだ。「セロン氏のロンドンに住む共同経営者というのは女性なのよ」三人の友に説明した。「今日、誰かがここに電話してきて、ブラウン夫人をお願いしますって言ったの。ヘイルシャム＝ブラウン夫人じゃなくて、ただのブラウン夫人」

「おまえが何をいいたいのかわかるような気がする」ゆっくりとうなずきながら、ローランド卿が言った。

ヒューゴが首を横にふった。「わたしにはわからん」

クラリッサがヒューゴを見た。「マロニエ(ホース・チェスナット)と栗色の馬(チェスナット・ホース)——このふたつはぜんぜん違うものなのよ」謎めいたことを言った。

「錯乱したわけではあるまいな、クラリッサ？」ヒューゴが心配そうに尋ねた。

「誰かがオリヴァーを殺した」クラリッサは三人に指摘した。「あなたたち三人ではない。わたしでもヘンリーでもない」言葉を切り、さらに続けた。「そして、幸いピッパでもなかった。じゃ、誰なの？」

「もちろん、わたしが警部に言ったとおりさ」ローランド卿が言った。「外部の者の犯行だ。何者かがオリヴァーをここまで追ってきたのだ」

「そうね。でも、そんなことをした理由は？」クラリッサは意味ありげに尋ねた。誰からも返事がなかったので、自分の推測をさらに進めた。「今日、ゲートのところでおじさまたちと別れたあと」三人の友に思いださせた。「そこのフレンチドアから家に入ったら、オリヴァーがここに立ってたの。わたしを見てひどく驚いてた。〝ここで何をしている、クラリッサ？〟って言うのよ。わたしには念の入った嫌がらせとしか思えなかった。でも、嫌がらせじゃなかったとしたら？」

耳を傾ける三人はじっと聞き入っていたが、何も言わなかった。クラリッサは話を続けた。「オリヴァーがわたしを見て本当に驚いたんだとしたら？　この家が誰かほかの人のものだと思ってたのよ。きっと、セロン氏の共同経営者だったブラウン夫人に会えると思ったんだわ」

ローランド卿は首を横にふった。「おまえとヘンリーがこの家を借りたことぐらい、オリヴァーは知ってたんじゃないかね？　ミランダだって知ってたはずだ」

「ミランダが連絡をよこすときは、かならず弁護士を通してくるのよ。わたしたちがこの家に住んでることは、ミランダもオリヴァーもひょっとすると知らなかったのかも」

クラリッサは説明した。「わたしと会うことになるなんて、オリヴァー・コステロはきっと夢にも思ってなかったんだわ。そうよ、あっというまに立ち直って、ピッパのことで話があって来たなんて言い訳を始めた。そのあとで帰るふりをしたけど、戻ってきたんだわ。なぜなら――」

そのときミス・ピークが廊下のドアから入ってきたので、クラリッサは途中で黙りこんだ。「みんな、まだ捜しまわってますよ」ミス・ピークは元気よく言った。「ベッドの下まで見て、今度は庭に出てます」いつものように楽しげな笑い声を上げた。

クラリッサは鋭い目でミス・ピークを見た。それから「ミス・ピーク」と声をかけた。「コステロ氏が帰る前になんて言ったか覚えてない？　どう？」

ミス・ピークはきょとんとした顔になった。「さっぱり覚えてませんけど」と言った。

「こう言ったんじゃない？　〝おれが会いに来たのはブラウン夫人だ〟って」クラリッサはミス・ピークに思いださせた。

ミス・ピークはしばらく考えて、それから答えた。「ええ、そう言われればそうでしたね。ええ。なぜでしょう？」

「でも、コステロ氏が会いに来た相手はわたしじゃなかったのよ」クラリッサは強調した。

「あら、奥さんじゃなかったのなら、いったい誰なのか、あたしにはさっぱりわかりませんよ」ミス・ピークはまたしても陽気な笑い声を上げて答えた。

クラリッサは強調した。「あなたよ」と、ミス・ピークに言った。「あなた、あなたがブラウン夫人。そうなんでしょう？」

第二十一章

ミス・ピークはクラリッサの指摘にひどく狼狽したようで、一瞬、どう反応すべきかわからない様子だった。次に返事をしたときは、すっかり態度が変わっていた。いつもの陽気で元気いっぱいの口調をひっこめて、重みのあるしゃべり方になっていた。「とても頭のいい方ね。ええ、わたしがブラウン夫人です」

クラリッサはさっきから忙しく考えていた。「あなたがセロン氏の共同経営者。この家の所有者でもある。商売と一緒に家もセロン氏から相続なさった。なんらかの理由から、この家のためにブラウンという名の借り手を見つけようとなさった。ブラウン夫人という人をここに住まわせようと決めてらした。平凡な名字だから、そう難しいことではないはずだった。でも、結局、ヘイルシャム＝ブラウンで妥協するしかなかった。よくわからないのは、なぜわたしを前面に押しだして、ご自分は陰で見張っていたかということ。そのあたりの事情が理解できなくて――」

ブラウン夫人、またの名をミス・ピークがクラリッサの言葉をさえぎった。「チャールズ・セロンは殺されました。疑いの余地はありません。とても高価なものを手に入れたばかりでした。どうやって手に入れたのかはわからない――どんな品だったのかもわからない。なにしろ――」そこで彼女はためらった。「つねに良心的な人だったわけではないので」

「われわれもそう聞いています」ローランド卿が冷淡に言った。

「その品がなんだったにせよ」ブラウン夫人は話を続けた。「セロン氏はそのせいで殺されたのです。そして、彼を殺した人物はその品をまだ見つけておりません。たぶん、店のほうにはなかったのでしょう。こちらにあったのです。セロン氏を殺した人物はいずれ、その品を捜してここに来るはずだとわたしは考えました。それを見張りたかった。だから、偽物のブラウン夫人が必要だったのです。替え玉が」

ローランド卿が迷惑そうな叫び声を上げた。「気にならなかったんですか？」ムッとしてブラウン夫人に尋ねた。「ヘイルシャム＝ブラウン夫人の身が、あなたに何ひとつ危害を加えたことのない、なんの悪意もない女性の身が危険にさらされるかもしれないのに？」

「この人から目を離さないようにしていました」ブラウン夫人はむきになって答えた。

「みなさんがときどきうるさいとお思いになるぐらいに。先日、男がやってきて、あの机に法外な値をつけたときには、〝ああ、やっぱり〟と思いました。ただ、あの机には、意味のありそうなものは何も入っていませんでした」

「秘密の引出しも調べてみましたか？」ローランド卿が彼女に尋ねた。

ブラウン夫人の顔に驚きが浮かんだ。「秘密の引出し。そんなものがあるんですか？」と叫んで、机のほうへ行こうとした。

クラリッサが行く手をさえぎった。「いまは何も入っていません」と請け合った。

「ピッパが引出しを見つけたのですが、古い自筆のサインが入っていただけでした」

「クラリッサ、そのサインをもう一度見たいんだが」ローランド卿が頼んだ。

クラリッサはソファのほうへ行った。「ピッパ」と呼んだ。「ねえ、あれをどこへ――？　まだ寝てるわね」

ブラウン夫人がソファまで行き、少女を見下ろした。「ぐっすり寝てますね」と言った。「あんなに興奮したから」クラリッサを見た。「こうしましょう。わたしが二階へ連れていって、この子のベッドに寝かせてきます」

「いや」ローランド卿がきびしい声で言った。

誰もがローランド卿を見た。「この子なら軽いから」ブラウン夫人が言った。「死んだコステロさんの四分の一もありませんよ」

「いや、やはり」ローランド卿は強く言った。「ここのほうが安全だと思う」

ほかの者たちもみな、ミス・ピークことブラウン夫人を見たので、ブラウン夫人は一歩下がって周囲に目をやり、憤慨の面持ちで叫んだ。「安全？」

「そう申し上げたのです」ローランド卿が彼女に言った。部屋を見まわして続けた。「その子はついさっき、とても意味深長なことを言いましたから」

全員の視線を浴びて、ローランド卿はブリッジテーブルの椅子に腰を下ろした。沈黙が流れ、やがてヒューゴがローランド卿の向かいの椅子まで行ってすわり、こう尋ねた。

「ピッパはなんて言ったんだ、ローリー？」

「よく思いだしてみれば」ローランド卿は言った。「なんて言ったのか、たぶんきみにもわかるはずだ」

それを聞いた者たちは顔を見合わせ、そのあいだにローランド卿は『紳士録』をとって目を通しはじめた。

「わたしにはわからない」首をふりながら、ヒューゴが正直に言った。

「ピッパはなんて言ったんだ？」ジェレミーが胸の思いを口にした。

「わからないわ」クラリッサが言った。なんとかして思いだそうとした。「警官のことを何か言ってた？　それとも、夢の話だったかしら？　ここに下りてきた？　半分寝ぼけたままで？」

「おいおい、ローリー」ヒューゴが友人に文句を言った。「そう謎めいたことばかり言うなよ。いったいどうなってるんだ？」

ローランド卿が顔を上げた。「えっ？」と、うわの空で言った。「ああ、そうそう。あのサインだ。どこにある？」

ヒューゴが指をパチンと鳴らした。「ピッパがそこの貝殻のついた箱にしまってたのを覚えてるぞ」

ジェレミーが書棚のほうへ行った。「ここですか？」と訊いた。貝殻のついた箱を捜しあて、封筒をとりだした。「うん、あったぞ。ほら、ここに」封筒からサインを出しながら確認し、すでに『紳士録』を閉じたローランド卿に渡した。ローランド卿が老眼鏡をかけてサインを調べるあいだに、ジェレミーは空っぽになった封筒をポケットに入れた。

「ヴィクトリア女王か、神よ、女王に祝福を」ローランド卿はつぶやきながら、一枚目のサインを見た。「ヴィクトリア女王。色褪せた茶色のインク。さて、次はなんだ？　ジョン・ラスキン——うん、本物だ。それから、これは？　ロバート・ブラウニング—

——ふむ——紙がそれほど古びていない」

「ローリーおじさま！　どういうこと？」クラリッサが興奮して尋ねた。

「わたしは見えないインクとかそういったものを研究したことがある。戦時中に」ローランド卿は説明した。「秘密のメモを残したい場合、そういう見えないインクで紙に書きこみ、その上にこういうサインを偽造するのは、悪いやり方ではない。そんなサインをほかのちゃんとしたサインと交ぜてしまえば、誰も気がつかないだろうし、おそらくもう一度見てみようともしないだろう。われわれと同じようにね」

ブラウン夫人が困惑の表情になった。「でも、チャールズ・セロンはいったいどんなことを書いたんでしょう？　一万四千ポンドの値打ちのあることとって？」

「いや、何も書いていないのかもしれません」ローランド卿は答えた。「ただ、ふと思ったのですが、安全策をとってそうしたとも考えられます」

「安全策？」ブラウン夫人は尋ねた。

「オリヴァー・コステロには」ローランド卿は説明した。「麻薬を密売していた疑いがあります。また警部の話だと、セロンのほうは麻薬取締班の取調べを一、二度受けたことがあるそうです。そこにつながりがあると思いませんか？」

ブラウン夫人がぽかんとした顔をしただけだったので、ローランド卿はさらに続けた。

「もちろん、わたしの勝手な想像に過ぎないかもしれませんが」手にしたサインに視線を落とした。「セロンのほうはそう手の込んだことはしていないと思います。おそらくレモン汁か塩化バリウムの溶液でしょう。それなら、少し温めるだけで大丈夫。あとでヨウ素の蒸気を当ててみましょうか。そうだ、まず軽く熱を加えることにしよう」

ローランド卿は立ち上がった。「いま実験してみましょうか」

「書斎に電気ヒーターがあるわ」クラリッサが思いだした。「ジェレミー、とってきてくれる?」

ヒューゴが立ち上がってテーブルの下に椅子を押しこむあいだに、ジェレミーは書斎へ行った。

「ここに差しこめばいいのよ」クラリッサが言って、客間の壁にめぐらされた幅木についているコンセントを指さした。

「ばかげていますよ」ブラウン夫人が鼻を鳴らした。「話になりません」

クラリッサの意見は違っていた。「いいえ、そんなことないわ。すばらしい思いつきだと思います」と宣言したところへ、ジェレミーが小型の電気ヒーターを持って書斎から戻ってきた。「あったのね?」クラリッサは尋ねた。「コンセントはどこです?」

「そう、このとおり」ジェレミーは答えた。

「その下よ」クラリッサは指さして教えた。ジェレミーがコードをコンセントに差しこむあいだ、彼女がヒーターを持ち、それから床に置いた。ローランド卿はロバート・ブラウニングのサインを手にとり、ヒーターのそばに立った。ジェレミーがその横に膝をつき、あとの者も結果を見ようとしてできるだけ近くに寄った。

「あまり期待しないほうがいい」ローランド卿はみんなに警告した。「わたしの思いつきに過ぎないからね。ただ、セロンがこれらのサインをああいう人目につかない場所に隠しておいたのには、何か理由があったに違いない」

「昔を思いだすなあ」ヒューゴがなつかしそうに言った。「子供のころ、レモン汁であぶり出しをしたのを覚えている」

「どれからやります？」ジェレミーが熱心に尋ねた。

「わたしだったら、ヴィクトリア女王」クラリッサは言った。

「いや、大差でラスキン」というのがジェレミーの意見だった。

「ふむ、わたしならロバート・ブラウニングに賭けたいね」ローランド卿がそう決めて、身を乗りだし、サインの紙をヒーターの前にかざした。

「ブラウニング？　じつにわかりにくい詩人だ。あいつの詩など、わたしは一語も理解できなかった」ヒューゴはひとこと言わずにはいられなかった。

「たしかにそうだ」ローランド卿もうなずいた。「隠された意味に満ちている」

全員、ローランド卿のほうへ首を伸ばした。「何も起きなかったら、わたし、耐えられない」クラリッサが興奮した声を上げた。

「いや、たぶん――よしよし、出てきた」ローランド卿がつぶやいた。

「ほんとだ。何か出てきてる」ジェレミーも気がついた。

「ほんと？　見せて」クラリッサが期待に満ちた声で言った。

ヒューゴがクラリッサとジェレミーのあいだに割って入った。「ちょっとどいてくれ、ジェレミーくん」

「落ち着きたまえ」ローランド卿が文句を言った。「押さないで――おお――文字が出てきた」一瞬沈黙し、それから「やったぞ！」という叫びと共に身を起こした。

「何が出てきたの？」ブラウン夫人が知りたがった。

「六人の名前と住所のリストだ」ローランド卿はみんなに言った。「麻薬の売人のリストではないかな。そして、名前のひとつにオリヴァー・コステロがある」

一同のあいだで叫びが上がった。「オリヴァー！」クラリッサが言った。「だからここに来たんだわ。そして何者かがあとをつけてきたに違いない――ねえ、ローリーおじさま、警察に話さなきゃ。来てちょうだい、ヒューゴ」

クラリッサは廊下のドアに駆け寄り、ヒューゴが「こんな途方もない話を聞かされたのは初めてだ」とつぶやきながらあとを追った。ローランド卿が残りのサインを拾い集め、ジェレミーはヒーターのコードを抜いて書斎へ返しにいった。

クラリッサとヒューゴのあとを追おうとしたローランド卿が、ドアのところで足を止めた。「一緒に来ますか、ミス・ピーク？」と尋ねた。

「わたしはもう必要ないでしょう？」

「いや、必要だと思います。セロンの共同経営者だったのだから」

「麻薬商売にはまったく関係してなかったのよ」ブラウン夫人は強く言った。「骨董商売をやってただけ。ロンドンの売買をすべて担当してたの」

「なるほど」ローランド卿は彼女のために廊下のドアをあけて支えながら、どっちつかずの返事をした。

ジェレミーが書斎から戻ってきて、背後のドアを丁寧に閉めた。廊下のドアまで行き、しばらく耳を澄ました。ピッパをちらっと見たあとで、安楽椅子のほうへ行ってクッションをとってから、ピッパが眠っているソファのほうへゆっくり近づいた。

ピッパが眠りのなかで身じろぎをした。ジェレミーは立ったまま一瞬凍りついたが、ピッパがまだ眠っているのをたしかめると、そのままソファに近づいてピッパの頭の背後に立った。次に、クッションをピッパの顔のほうへゆっくり下ろしはじめた。

その瞬間、クラリッサが廊下からふたたび部屋に入ってきた。ドアの音を聞き、ジェレミーはクッションをピッパの足に丁寧にのせた。「ローランド卿が言ってたことを思いだしたものだから」と、クラリッサに説明した。「ピッパを一人にしてはいけないと思ってね。足もとがちょっと寒そうだったんで、クッションをのせたところだよ」

クラリッサはベンチまで行った。「いろいろと興奮したから、ひどく空腹だわ」と言った。サンドイッチの皿に視線を落とし、落胆の口調で続けた。「あら、ジェレミーったら、全部食べてしまったのね」

「ごめん。だけど、腹が減って死にそうだったんだ」少しも悪いと思っていない口調で、ジェレミーは言った。

「どうしてそうなるのか、理解できないわ」クラリッサは彼を叱った。「お夕食、食べたでしょ。わたしは食べてないのよ」

ジェレミーはソファの背に腰かけた。「いや、ぼくも夕食は食べてない。アプローチショットの練習をしてたから。ダイニングルームに入ったのは、あなたが電話してきたすぐあとだった」

「まあ、そうだったの」クラリッサは無頓着に答えると、ソファの背後から身を乗りだしてクッションを軽く叩いた。不意にその目が大きくなった。ひどく動揺した声で言った。「わかったわ。あなた——あなただったのね」

「どういう意味です？」

「あなたよ！」クラリッサはくりかえした。自分に言い聞かせるかのようだった。

「どういう意味なんです？」

クラリッサは彼の目を見つめた。「わたしがさっき部屋に入ってきたとき、あなた、そのクッションをどうする気だったの？」と訊いた。

ジェレミーは笑った。「言ったでしょう。ピッパの足にのせてやろうと思って。足が冷えてたから」

「ほんと？ほんとにそうするつもりだった？クッションでピッパの口をふさぐ気じゃなかったの？」

「クラリッサ」ジェレミーは憤慨して叫んだ。「なんてバカなことを言うんだ！」

「わたしたちの誰にもオリヴァー・コステロを殺せなかったことは間違いない。わたしはみんなにそう言ってきた」クラリッサは以前のことを思い返した。「でも、一人だけ、オリヴァーを殺すことができた人がいる。あなたよ。あなたは一人でゴルフコースに出ていた。屋敷に戻ってきて、あけたままにしておいた書斎の窓から忍びこんだ。しかも、ゴルフクラブを手にしたままで。もちろん、ピッパはそれを見たんだわ。〝ジェレミーが持ってるようなゴルフクラブのこと？〟と言ったのはそういう意味だった。あの子、あなたを見たのよ」

「なんてくだらないことを、クラリッサ」ジェレミーは反論し、無理に笑ってみせようとした。

「ううん、くだらなくなんかない。オリヴァーを殺したあと、あなたはクラブに戻って警察に電話をかけた。警察がここに来て、死体を見つけ、ヘンリーかわたしが殺したと思うだろうと計算したのね」

ジェレミーはあわてて立ち上がった。「めちゃめちゃだ！」

「めちゃめちゃじゃないわ。本当のことだもの。本当だってことが、わたしにはわかってる」クラリッサは叫んだ。「でも、なぜ？　そこが理解できない。なぜなの？」

二人はしばらくのあいだ、緊迫した沈黙のなかで向かい合って立っていた。やがて、ジェレミーが深いため息をつき、サインが入っていた封筒をポケットからとりだした。クラリッサのほうへ差しだしたが、彼女に渡そうとはしなかった。「すべてこのせいだったんだ」

クラリッサはそちらにちらっと目を向けた。「サインが入ってた封筒ね」

「切手が貼ってあるだろ」ジェレミーは静かに説明した。「〝エラー・スタンプ〟として知られているものだ。印刷の色が違っている。去年スウェーデンで見つかったものは、一万四千三百ポンドで売れた」

「そういうことだったのね」クラリッサはあえぎ、一歩下がった。

「この切手をセロンが手に入れた」ジェレミーは話を続けた。「その件でぼくの雇い主のサー・ケネスに手紙をよこした。だが、手紙をあけたのはぼくだった。ぼくはこっちの店に来て、セロンを訪ね――」

ジェレミーが黙りこんだので、クラリッサが彼にかわってあとを続けた。「――そして、彼を殺した」

ジェレミーは何も言わずにうなずいた。

「ところが、切手が見つからなかった」クラリッサは推測を口にしながら、彼からあとずさった。

「それもご明察のとおりだ」ジェレミーは認めた。「店のほうにはなかったから、こっちにあるに違いないと思った。セロンの自宅に」

なおもあとずさるクラリッサのほうへ、ジェレミーが近づきはじめた。「今夜、コステロにしてやられたと思った」

「だから、彼まで殺したわけね」

ジェレミーはふたたびうなずいた。

「そして、さっきはピッパを殺そうとしたの？」クラリッサはあえいだ。

「仕方ないだろ」ジェレミーは柔らかな口調で言った。

「信じられない」

「だって、クラリッサ、一万四千ポンドといえば大金だよ」謝罪と不吉さの両方を示す笑みを浮かべて、ジェレミーは言った。

「でも、なぜわたしにそんな話をするの？」困惑と不安のにじむ声でクラリッサは尋ねた。「わたしが警察へ行くはずはないって、ほんの一瞬でも思ったの？」

「きみは警察に嘘ばかりついてきた。だから、信じてもらえるはずがない」ジェレミーは即座に答えた。

「あら、大丈夫よ。信じてくれるわ」

「それに」ジェレミーは話を続けながら彼女に近づいた。「きみにはそのチャンスがない。人をすでに二人殺した人間が三人目を殺すのをためらうと思うか？」

彼に喉をつかまれて、クラリッサは悲鳴を上げた。

第二十二章

クラリッサの悲鳴にすぐさま応じた者たちがいた。ローランド卿が廊下からすばやく駆けこんできて、途中で壁の照明のスイッチを入れ、いっぽう、ジョーンズ巡査はフレンチドアから部屋に飛びこみ、警部は書斎から急いでやってきた。

警部がジェレミーをつかんだ。「もういい、ウォレンダー。すべて聞かせてもらった」と言った。「それがまさにわれわれの必要とする証拠だった」とつけくわえた。「その封筒を渡してもらおう」

クラリッサは喉を押さえてソファの向こうにあとずさり、ジェレミーは警部に封筒を渡して冷静に言った。「じゃ、罠だったんですね? ずいぶん利口なことだ」

「ジェレミー・ウォレンダー」警部が言った。「オリヴァー・コステロ殺しの容疑できみを逮捕する。それから、きみの言ったことはすべて記録され、証拠として提出されることを警告しておかねばならない」

「よけいなことは言わなくてもいいですよ」というのが、ジェレミーの言葉巧みな返事だった。「ぼくは何も言いませんから。なかなかうまい賭けだったが、ただ、成功しなかった」

「連れていけ」警部に命じられて、ジョーンズ巡査はジェレミーの腕をとった。

「どうした、ジョーンズ巡査？　手錠を忘れたのかい？」右腕を背中にねじり上げられながら、ジェレミーは冷たく尋ね、フレンチドアから外へ連れていかれた。

ローランド卿は悲しげに首をふって、出ていくジェレミーを見守り、それからクラリッサのほうを向いた。「大丈夫かね？」心配そうに尋ねた。

「ええ、ええ、大丈夫よ」軽く息を切らして、クラリッサは答えた。

「こんな目にあわせるつもりはなかったんだ」ローランド卿はすまなそうに言った。

クラリッサはキッと彼を見た。「わかってらしたのね、ジェレミーだって」

警部が横から言った。「しかし、なぜ切手だと思われたんです？」

ローランド卿はロード警部に近づき、彼から封筒をとりあげた。「じつはね、警部さん、今日の夕方ピッパがわたしに封筒を見せてくれたとき、ピンと来たんです。そのあと、ウォレンダー青年の雇い主のサー・ケネス・トムスンが切手の収集家であることを『紳士録』で知って、疑惑がさらに深まり、ついさきほど、やつがわたしの目の前で図々しくも封筒をポケットに入れたものですから、これはもう間違いないと思ったわけです」

ローランド卿は封筒を警部に返した。「くれぐれも大事に扱ってください、警部さん。証拠物件というだけでなく、きわめて貴重なものであることがわかるでしょう」

「たしかに貴重な証拠物件です」警部は答えた。「悪質きわまりない若い犯罪者に対して、当然の報いを与えてやることができます」廊下のドアのほうへ歩いていきながら、警部はさらに続けた。「しかしながら、われわれには死体を見つけるという仕事がまだ残っています」

「あら、それなら簡単よ」クラリッサが請け合った。「ミス・ピークが寝ていた部屋のベッドを見てください」

警部がふりむき、非難の目でクラリッサを見つめた。「あのですね、ヘイルシャム＝ブラウン夫人――」と言いかけた。

それをクラリッサがさえぎった。「どうして誰もわたしの言葉を信じてくださらないの？」と悲しげに叫んだ。「死体は客用寝室のベッドのなかです。ご自分で見てらして、警部さん。枕の下に横にしてあります。ミス・ピークがそこに隠したんです。わたしへの思いやりから」

「思いやり――？」警部は言葉に詰まったらしく、急に黙りこんだ。ドアまで行き、ふりむいて、非難がましく言った。「いいですか、奥さん。今夜は奥さんのせいでずいぶん苦労させられたんですよ。途方もない話ばかりなさるから。たぶん、ご主人がやったのだと思いこみ、庇おうとなさったのでしょう。しかし、そんなことをしてはなりません。とにかく、もうたくさんです」最後にもう一度頭をふって、警部は部屋を出ていった。

「まったくもう！」クラリッサは腹立たしげに叫び、ソファのほうを向いた。「ああ、ピッパ——」

「ベッドへ連れていったほうがいい」ローランド卿がアドバイスした。「もう大丈夫だ」

クラリッサは少女をそっと揺すぶって優しく言った。「いらっしゃい、ピッパ。さあ、起きて。自分のベッドに入る時間よ」

ピッパは起き上がったが、ふらふらしていた。「おなかすいた」とつぶやいた。

「ええ、ええ、そうでしょうとも」クラリッサはピッパを廊下のドアのほうへ連れていった。「何かないか探してみましょう」

「おやすみ、ピッパ」ローランド卿が声をかけると、クラリッサと一緒に部屋を出ていくピッパから、眠そうな「おやふみなはい」が返ってきた。彼がブリッジテーブルの椅子にすわって、トランプのカードを箱にしまいはじめたとき、廊下からヒューゴが入ってきた。

「しかしまあ、驚いたね」ヒューゴが言った。「どうにも信じられなかった。よりによって、ウォレンダー青年だったとは。なかなかいい青年のようだったし、ちゃんとした学校も出ている。つきあう相手だってまともな連中だ」

「だが、一万四千ポンドのためなら殺人も厭わない」ローランド卿は温厚な口調で言った。「よくあることさ、ヒューゴ。社会のどの階層でも見受けられる。人柄は魅力的だが倫理観はゼロという人間がいるものだ」

ブラウン夫人、つまり、かつてのミス・ピークが廊下のドアから顔を覗かせた。「お断りしておかなきゃと思ったんですが、ローランド卿」おなじみの轟きわたる声に戻って告げた。「ちょっと警察まで行ってきますね。あたしの供述をとりたいんですって。あのいたずらがどうも気に食わなかったみたいで。大目玉を食らいそうですよ」ミス・ピークは笑い声を響かせて廊下へ出ていき、ドアを勢いよく閉めた。

ヒューゴは出ていく彼女を見送ってから、ブリッジテーブルのローランド卿のところへ行った。「なあ、ローリー、わたしにはまだよくわからんのだが」と正直に言った。「あのミス・ピークがセロン夫人だったのかね。それとも、その逆か？　セロン氏がじつはブラウン氏だったのか？」

警部が戻ってきたおかげで、ローランド卿は返事をせずにすんだ。警部は部屋に入ってくると、帽子と手袋をとった。「いま、死体を収容しているところです」と二人に告げた。一瞬言葉を切り、さらに続けた。「ローランド卿、ヘイルシャム＝ブラウン夫人に助言していただけませんか。警察に口から出まかせの話ばかりしていると、いつか本当に面倒なことになりますぞ、と」

「あの子も一度は本当のことをお話ししたのですよ、警部さん」ローランド卿は穏やかに指摘した。「だが、あのときは警部さんがどうしても信じようとなさらなかった」

警部はいささかバツの悪そうな顔になった。「ええ――まあ――そうですな」と言いかけた。だが、そこで気をとりなおした。「率直に申し上げて、そのまま信じろと言われても無理です」

「まあ、それは認めます。もちろん」ローランド卿が断言した。

「いや、閣下を責めるつもりはないんです」警部は打ち明けるような口調で言った。「ヘイルシャム＝ブラウン夫人はとても魅力的な方ですからな」考えこみながら首をふり、それから「では、おやすみなさい、サー」と言った。

「おやすみ、警部さん」ローランド卿が愛想よく答えた。

「おやすみなさい、バーチ判事」警部は廊下のドアに向かいながら、声をかけた。

「おやすみ、警部さん。お手柄だったね」ヒューゴは答え、彼に近づいて握手をした。

「恐れ入ります、判事さん」警部は言った。

警部が出ていき、ヒューゴはあくびをした。「さてと、もう家に帰って寝たほうがよさそうだ」と、ローランド卿に言った。「大変な一夜だったから」

「きみの言うとおり、ヒューゴ、大変な一夜だった」ローランド卿がブリッジテーブルの上を片づけながら返事をした。「おやすみ」

「おやすみ」ヒューゴは答え、廊下へ出ていった。

ローランド卿はトランプのカードと点数表をテーブルにきちんと重ねてから、『紳士録』をとって書棚に戻した。クラリッサが廊下から入ってきて、ローランド卿のところへ行き、両手を彼の腕にかけた。「ローリーおじさま」と話しかけた。「おじさまがいらっしゃらなければ、わたしたちに何ができたでしょう? おじさまって、とっても頭のいい方ね」

「そして、おまえはとても運のいい若い女性だ。ウォレンダーというあの若い悪党に心を奪われなくて、本当によかった」

クラリッサは身を震わせた。「そんな危険はありませんでしたわ」と答えた。それから優しい笑みを浮かべて断言した。「もしわたしが誰かに心を奪われるとしたら、それはおじさまよ」

「おやおや、また何かいたずらを企んでるんじゃないだろうね」ローランド卿は笑いながら警告した。「もしそうなら――」

ヘンリー・ヘイルシャム゠ブラウンがフレンチドアから入ってきたので、ローランド卿は言葉を切り、クラリッサは驚きの叫びを上げた。「ヘンリー！」

「やあ、ローリー」ヘンリーは友人に挨拶をした。「きみたちは今夜、クラブへ行くものと思っていたが」

「いや――そのう――早めに寝ようと思ってね」この瞬間のローランド卿が口にできたのはそれだけだった。「奮闘を要する一夜だったものだから」

ヘンリーはブリッジテーブルに目を向けた。「なんだって？　奮闘を要するブリッジかい？」いたずらっぽく尋ねた。

ローランド卿は微笑した。「ブリッジもやったし、ほかにもいろいろと」廊下のドアのほうへ行きながら答えた。「おやすみ、二人とも」

クラリッサはローランド卿に投げキッスを送り、ローランド卿も部屋を出るときに投げキッスを返した。それから、クラリッサはヘンリーのほうを向いた。「カレンドールフさんは――いえ、ジョーンズ氏はどこかしら？」急いで尋ねた。

ヘンリーはブリーフケースをソファに置いた。つくづくうんざりした声でつぶやいた。

「じつに腹立たしいことなんだ。ジョーンズ氏は来なかった」

「なんですって？」クラリッサは自分の耳が信じられなかった。

「飛行機は着いたんだが、間抜けな副官しか乗っていなかった」ヘンリーはコートのボタンをはずしながら妻に言った。

クラリッサはコートを脱ぐ夫を手伝い、夫はさらに話を続けた。「そいつがまずやったのは、飛行機の向きを変えたと思ったら、もと来たほうへ戻ることだった」

「なんのために？」

「わかるわけないだろ」無理もないことだが、ヘンリーの声は苛立っていた。「わたしを疑ってるみたいだった。何を疑っているのか？　誰にわかるというんだ？」

「でも、サー・ジョンはどうなの」ヘンリーの帽子を受けとりながら、クラリッサは尋ねた。

「そこがいちばん困った点なんだ」ヘンリーはうめいた。「わたしが止めようにももう遅すぎた。サー・ジョンはもうじきここに到着する」ヘンリーは自分の腕時計で時刻を確かめた。「もちろん、飛行場からすぐダウニング街に電話したんだが、首相はすでに出発したあとだった。ああ、すべてがとんでもない大失態だ」

ヘンリーが疲れはてて ため息をつき、ソファに身を沈めたところで、電話が鳴りだした。「わたしが出るわ」クラリッサは部屋を横切った。「警察かもしれないし」そう言って受話器を上げた。

ヘンリーが問いかけるように妻を見た。「警察？」

「はい、こちらコップルストーン邸でございます」電話に向かってクラリッサは言っていた。「はい、はい、ここにおります」ヘンリーのほうを見た。「あなたによ、ダーリン。バインドリー・ヒース飛行場から」

ヘンリーが立ち上がり、電話のほうへ走ろうとしたが、途中で足を止めて威厳のある歩き方に変えた。「もしもし」受話器に向かって言った。

クラリッサはヘンリーの帽子とコートを持って廊下に出たが、そのまま戻ってきて彼のすぐうしろに立った。

「はい――わたしです」ヘンリーは言った。「なんですと？――十分後に？　では、すぐに行きましょうか――はい――はい、はい――いいえ――いえ、いえ――本当ですか？――わかりました――はい――承知しました」

ヘンリーは受話器を戻して「クラリッサ！」と叫び、ふりむいたとたん、妻がすぐうしろにいることを知った。「ああ！　そこにいたのか。最初の飛行機が飛び立った十分後に別の飛行機が到着し、そちらにカレンドールフが乗っていたそうだ」

「ジョーンズ氏のことね」クラリッサは夫に思いださせた。

「まさにそうだ。用心に越したことはないからね」ヘンリーは認めた。「そう、最初の飛行機は本当に安全かどうかをたしかめる警戒手段みたいなものだったらしい。まったく、ああいう連中の思考回路はどうにも推測のしようがない。まあ、とにかく、ジョーンズ氏に護衛をつけてこっちに送ったそうだ。十五分ぐらいで着くだろう。さてと、準備万端整ってるかね？　用意はできたかな？」ヘンリーはブリッジテーブルを見た。

「そのカードを片づけてくれないか？」

クラリッサがあわててカードと得点表を見えないところへ片づけるあいだに、ヘンリーはベンチのところへ行き、ひどく驚いた様子でサンドイッチとムースの皿を手にとった。「なんだい、これは？」

クラリッサは夫に駆け寄り、サンドイッチとムースの皿をとった。「ピッパが食べたの」と説明した。「すぐ片づけるわ。ハムサンドをもう少し作ってきたほうがいいかもね」

「待て待て――そこらじゅうに椅子が置いてある」ヘンリーの口調には軽い非難が混じっていた。「すべて用意しておいてくれると思ってたのに、クラリッサ」

ヘンリーはブリッジテーブルの足を折りたたみはじめた。「今夜はあれからずっと何をしてたんだい？」ブリッジテーブルを書斎のほうへ運びながら尋ねた。

クラリッサはいまや、椅子をあちこちに戻すのに忙しかった。「だって、ヘンリー、大忙しの一夜だったんですもの。あなたが出かけたすぐあとで、サンドイッチを持ってここに来たら、まず死体につまずいてしまったの。あそこよ」クラリッサは指をさした。

「ソファのうしろ」

「うん、うん、ダーリン」ヘンリーはうわの空でつぶやきながら、妻を手伝って安楽椅子を本来の場所に戻した。「きみの話はいつもとっても面白いが、いまはそれどころじゃないんだ」

「でも、ヘンリー、ほんとのことなのよ」クラリッサは強く言った。「しかも、ほんの始まりに過ぎなかったの。警察は来るし、次から次へといろいろあったんだから」クラリッサは早口にしゃべりはじめていた。「麻薬の密売組織が登場したり、ミス・ピークはミス・ピークじゃなくて、ほんとはブラウン夫人だったり、ジェレミーが殺人犯で、一万四千ポンドの切手を盗もうとしてたり」

「ほほう！　スウェーデン製の黄色いミスプリのやつに違いない」ヘンリーは意見を述べた。甘やかすような口調だったが、じっさいは何も聞いていなかった。

「ええ、まさにそれだったの！」クラリッサはうれしそうに叫んだ。

「本当に想像力豊かな人だね、クラリッサは」愛情のこもった口調で、ヘンリーは言った。小さなテーブルを動かして、肘掛椅子と安楽椅子のあいだに置き、自分のハンカチでパン屑を払い落とした。

「でも、あなた、わたしの妄想じゃないのよ」クラリッサは話を続けた。「わたしの力ではその半分も想像できないわ」

ヘンリーは彼のブリーフケースをソファのクッションのうしろに置き、別のクッションを膨らませ、それから三つ目のクッションをとって安楽椅子へ持っていった。クラリッサはそのあいだも、夫の注意を惹こうと努力を続けた。「なんてとんでもない事態だったのかしら。これまでの人生にはほんとに何も起きなかったのに、今夜はいろんなことがいっぺんに起きて……。殺人、警察、麻薬依存症、見えないインク、秘密文書。殺人で逮捕されそうになったり、もう少しで殺されかけたり」クラリッサは言葉を切ってヘンリーを見た。「ねえ、ダーリン、ひと晩の出来事としては多すぎる感じでしょ」

「コーヒーを淹れてきてくれないかな」ヘンリーが答えた。「きみのすてきな冒険談は明日ゆっくり聞かせてもらうからね」

クラリッサは苛立ちの表情を浮かべた。「あら、わからないの、ヘンリー」と訊いた。「わたし、今夜もう少しで殺されるところだったのよ」

ヘンリーは腕時計を見た。「サー・ジョンかジョーンズ氏がもうじき到着するかもしれない」と、心配そうに言った。

「わたしが今夜、こんな経験をしたというのに……」クラリッサは話を続けた。「あ、それでサー・ウォルター・スコットの詩を思いだしたわ」

「なんだって？」ヘンリーはすべてがあるべき場所にきちんと置かれていることを確認するために部屋を見まわしながら、うわの空で尋ねた。

「おばに暗記させられたの」クラリッサは昔を思いかえした。

ヘンリーからいぶかしげな目で見られて、クラリッサは詩を暗誦した。「ああ、わたしたちはなんともつれた蜘蛛（くも）の巣を編んでしまったことか。最初に人を欺（あざむ）こうとしたときに」

ヘンリーは不意に妻のことを意識して、肘掛椅子にもたれかかり、妻に腕をまわした。「わたしの可愛い蜘蛛さん！」と言った。

クラリッサも夫の肩に腕をまわした。「あなた、蜘蛛の生態をご存じ？　自分の夫を食べちゃうのよ」指で夫の首をひっかいた。

「それよりわたしがきみを食べてしまいたい」ヘンリーは妻にキスをしながら、情熱をこめて答えた。

玄関ドアのベルが不意に鳴った。「サー・ジョンだわ！」クラリッサがあえぎ、「ジョーンズ氏だ！」と同時に叫んだヘンリーから離れた。

クラリッサはヘンリーを廊下のドアのほうへ押しやった。「あなたはそこから出て、玄関でお客さまを迎えてちょうだい」と指示した。「わたしはコーヒーとサンドイッチを廊下に置いておくから、あなたのほうで準備ができたら、お部屋に持って入ってね。いまから首脳会談の始まりよ」自分の手にキスをして、それをヘンリーの唇にあてた。「幸運を祈ってる！」

「幸運を」ヘンリーも答えた。出ていこうとしたが、ふたたびふりむいた。「いや、ありがとうと言うつもりだったんだ。誰がいちばんに着いたのかな」あわてて上着のボタンをかけ、ネクタイをまっすぐに直してから、急いで玄関に出ていった。

クラリッサはサンドイッチの皿とムースの皿を手にとり、廊下のドアのほうへ行きかけたが、「こんばんは、サー・ジョン」というヘンリーの心のこもった声が聞こえてきたので足を止めた。しばらくためらってから、急いで書棚のほうへ行き、パネルのスイッチを操作した。パネルが開いて、クラリッサはうしろ向きにそこに吸いこまれた。「クラリッサ、神秘的に退場」芝居によくある脇ゼリフを口にしながら、パネルのなかへ姿を消した。ヘンリーが首相を客間へ案内する何分の一秒か前のことだった。

アガサ・クリスティーの戯曲

舞台にかけられたアガサ・クリスティーのもっとも初期の戯曲は「アリバイ」で、初演は一九二八年五月、ロンドンのプリンス・オブ・ウェールズ劇場だが、じつはクリスティー自身が書いたものではなかった。クリスティーが一九二六年に刊行したミステリ『アクロイド殺し』をマイクル・モートンが脚色したもので、エルキュール・ポアロはチャールズ・ロートンが演じている。クリスティーは戯曲もロートンの演技も気に入らなかった。自分の舞台にポアロを登場させようと決めたのは、主に「アリバイ」への不満からであった。そこで誕生したのが「ブラック・コーヒー」で、一九三〇年にロンドンのセント・マーティンズ劇場で数ヵ月公演されることとなった。

アガサ・クリスティーが次の戯曲「アクナーテン」を書くまでに、七年の歳月が流れた。「アクナーテン」はいわゆるミステリではなく、多神教のエジプトを一神教に変えて太陽神アテンを崇拝させようとした、古代エジプトのファラオの物語であった。一九三七年には舞台にかけられずに終わり、それから三十五年間忘れられたままだったが、やがて春の大掃除の時期にクリスティーがタイプ原稿をふたたび見つけだし、上演に漕ぎつけたのだった。

一九二八年の「アリバイ」は気に入らなかったものの、アガサ・クリスティーはその後何年かのあいだに、舞台用に戯曲化する許可をさらに五つの作品に与えている。一番初期のものは *Love from a Stranger*（一九三六年）で、一九二〇〜三〇年代の英国演劇界をリードしていた人気俳優フランク・ヴォスパーが短篇小説「ナイチンゲール荘」を脚色し、主役の男性の役は自分で書き上げている。一九三二年のエルキュール・ポアロが登場するミステリ『邪悪の家』は一九四〇年に同じ題名で戯曲化され、アーノルド・リドリーという、当時人気だった戯曲「幽霊列車」の脚本家としてよく知られていた人物が脚本を担当した。『牧師館の殺人』という一九四〇年の長篇小説が、同じ題名でモイエ・チャールズとバーバラ・トイによって一九四九年に戯曲化され、アガサ・クリスティーが生んだもう一人の名探偵、ミス・マープルも舞台デビューすることになった。

ほかの脚本家が手がけた戯曲化のひとつかふたつに落胆して、アガサ・クリスティーは一九四五年から長篇のいくつかを彼女自身で舞台用の脚本にしはじめた。一九三九年のミステリ『そして誰もいなくなった』は一九四三年にロンドンで、翌年ニューヨークで舞台にかけられ、どちらも大ヒットとなった。

クリスティーが脚色した『死との約束』――一九三八年刊の長篇――は一九四五年に舞台化されたし、ほかに二つの長篇もクリスティーが芝居にしている。『ナイルに死す』（一九三七年刊）を「ナイル殺人事件」として一九四五年に、一九四六年刊の『ホロー荘の殺人』を一九五一年に舞台化している。三作ともエルキュール・ポアロが探偵役だが、舞台化に際してクリスティーはポアロを消し去った。「わたしは自分の作品にポアロを登場させることに慣れきっていました」作品のひとつについてこう語っている。「ですから、当然、この長篇にもポアロは登場しますが、ここではミスばかりしています。探偵仕事はきちんとやっていますが、ポアロがいないほうが、本がどれだけよくなるかと、わたしはついつい考えてしまいました。そこで、戯曲化することにしたとき、ポアロを消し去ったのです」

『ホロー荘の殺人』の次の戯曲としてアガサ・クリスティーが選んだのは、長篇ではなく、彼女の短篇「三匹の盲目のねずみ」だった。そもそもこれも、彼女の熱烈なファンの一人である王太后メアリー（亡英国君主ジョージ五世の妻）のために書いたラジオ劇がもとになっている。その年、八十歳の誕生日を祝おうとしていた王太后は、アガサ・クリスティーにラジオ劇を依頼するようBBCに頼みこみ、そこで生まれたのが「三匹の盲目のねずみ」だった。これをラジオで放送するにあたって新たな題名がつけられた。シェイクスピアの『ハムレット』からとったものだ。ハムレットが国王クローディアスとガートルードの前で芝居を上演させたとき、クローディアスから「この芝居の外題は?」と尋ねられて、ハムレットは「〝ねずみとり〟です」と答えている。「ねずみとり」は一九五二年十一月にロンドンで初演を迎え、演出のピーター・ソーンダーズはクリスティーに、一年間、いや、十四カ月間のロングランを狙っていると告げた。「そんなに長くは無理よ」クリスティーは答えた。「たぶん、八カ月ぐらいでしょうね」。しかし、「ねずみとり」はいまも上演中だ。もしかしたら、永遠に続くかもしれない。

「ねずみとり」の公演が始まって何週間かたったとき、ソーンダーズは、別の短篇を舞台化すべきだとアガサ・クリスティーに勧めた。「検察側の証人」を。しかし、クリスティーはむずかしすぎると思い、自分でやってはどうかとソーンダーズに言った。ソーンダーズは戯曲化にとりかかり、ほどなく、第一稿をクリスティーに届けた。それに目を通した彼女は、彼のバージョンがすばらしい出来だとは思えないが、どうすればいいかを示してくれたのは間違いないと述べた。六週間後、クリスティーは戯曲を完成させ、のちに自分の最高傑作のひとつとみなすようになった。一九五三年十月、ドルリー・レーンのウィンター・ガーデン劇場での初演の夜、観客はサプライズ・エンディングの巧妙さを目の当たりにし、魔法にかかったようにすわったままだった。「検察側の証人」は四百六十八回上演され、ニューヨークではさらに長く六百四十六回の上演を記録している。

「検察側の証人」が上演されてほどなく、アガサ・クリスティーはコメディーの才能を伸ばしたいと願う英国の映画スター、マーガレット・ロックウッドのために、戯曲の執筆をひきうけた。そこから生まれたのが楽しいコメディ・スリラー「蜘蛛の巣」で、ぎしぎしと音を立てる昔ながらの小道具である〝秘密の通路〟が皮肉っぽく使われている。一九五四年十二月にサヴォィ劇場で初演を迎え、七百七十四回の上演を重ねて、「ねずみとり」と「検察側の証人」の仲間入りを果たした。アガサ・クリスティーはロンドンで三つのヒット作を同時に上演していたわけだ。

次の劇場用の試みとして、クリスティーはジェラルド・ヴァーナーとの共同作業で『ゼロ時間へ』をとりあげることにした。その十年前に彼女が書いたミステリである。一九五六年九月にセント・ジェイムズ劇場で初演、半年間という長期にわたる公演となった。クリスティーはすでに六十代後半になっていたが、少なくとも年に一作の長篇と数作の短篇を発表し、自伝の執筆も続けていた。さらに五作の戯曲を書くことになっていたが、なかの一作だけは舞台用のオリジナルで、小説を翻案したものではなかった。例外とも言うべきその作品は「殺人をもう一度」、一九四二年にクリスティーが書いた、エルキュール・ポアロが出てくるミステリ『五匹の子豚』の舞台版で、クリスティーはまたしてもポアロを物語から消し去り、探偵役を性格のいい若い弁護士に変えた。一九六〇年三月にダッチェス劇場で上演が始まったが、わずか三十一公演で終わってしまった。

残りの戯曲はすべてオリジナルの舞台作品で、「評決」と「招かれざる客」（どちらも初演は一九五八年）「海浜の午後」（一九六三年）、そして *Fiddlers Three*（一九七二年）。「海浜の午後」はじつを言うと、つながりのない一幕ものの戯曲三作から成り立っていて、そのうち「患者」は最後の一行がすばらしくよくできているみごとなスリラーである。ただ、観客は、三つの別々の戯曲というスタイルに馴染めなかったため、「海浜の午後」は十週間後にダッチェス劇場で幕を閉じることとなった。

クリスティーが劇場用に書いた最後の戯曲、*Fiddler's Three* はロンドンまで行くこともなかった。一九七一年 *Fiddler's Five* として英国の田舎をまわり、書き直されることになり、一九七二年八月にサリー州ギルフォードのイヴォンヌ・アルノー劇場で新たに幕をあけた。数週間のあいだ大成功の公演を続けたが、ロンドンでこれにふさわしい劇場を見つけることができなかったため、そのまま田舎で幕を下ろすことになった。

「評決」は一九五八年にロンドンのストランド劇場で幕をあけた戯曲で、殺人は起きるものの、そこにはなんの謎もないという風変わりな作品である。観客がすべてを見ている前で事件は展開する。一ヵ月後に公演は終了するが、順応性のある作者は「とりあえず、《タイムズ》が気に入ってくれてよかった」とつぶやき、すぐさま次の戯曲にとりかかって、四週間足らずで書き上げた。これが「招かれざる客」で、ブリストルで一週間上演されたのちにロンドンのダッチェス劇場で一九五八年八月に開演し、十八ヵ月という申し分なく長いあいだ公演をおこなった。アガサ・クリスティーの最高の戯曲の一つで、会話は簡潔で効果的、プロットはすっきりしていて、やたらと複雑ではないものの、驚きに満ちている。批評はどれも熱がこもっていて、何年もたったいま、小説として新しい命を帯びはじめている。

一九七六年に死を迎える数ヵ月前、アガサ・クリスティーは一九五〇年に刊行した長篇でミス・マープルが探偵役の『予告殺人』を舞台用に脚色する許可をレスリー・ダーボンに与えた。クリスティーの死後、戯曲が舞台にかけられたとき、《フィナンシャル・タイムズ》の批評家は「ねずみとり」に負けないロングランになるだろうと予測した。

だが、そうはならなかった。

一九八一年、レスリー・ダーボンはクリスティーのもうひとつの長篇『ひらいたトランプ』——四十五年前に刊行されたポアロが探偵役のミステリ——を戯曲にしようと決めた。エルキュール・ポアロが関係した部分に関する著者のやり方をまねて、ダーボンも登場人物からポアロを省くことにした。以後、アガサ・クリスティーの長篇を舞台用に脚色したものは見当たらない。『ブラック・コーヒー』『招かれざる客』そして今度は『蜘蛛の巣』と、わたしは戯曲から小説へと逆方向の道をたどることになってしまった。

チャールズ・オズボーン

解　説

オズボーン氏はわかっている

ミステリ評論家
霜月　蒼

本書『蜘蛛の巣〔小説版〕』は、アガサ・クリスティーの二作目のオリジナル戯曲『蜘蛛の巣』を、クリスティー研究の大家であり文芸評論家でもあるチャールズ・オズボーンが小説化したものである。オズボーンによるクリスティーのオリジナル戯曲のノヴェライズは本書が三作目にあたり、『ブラック・コーヒー〔小説版〕』『招かれざる客〔小説版〕』がすでにクリスティー文庫に収録されている。

クリスティーの大ファンであれば、すでに戯曲『蜘蛛の巣』をお読みかもしれない。クリスティーの全作品の収録を目論む早川書房のクリスティー文庫には、『蜘蛛の巣』をはじめとする戯曲も収録されているからである。そして、こうしたクリスティーのミステリ劇の台本を読んだことのある方なら、「アガサ・クリスティーの戯曲は、文字で読んでも面白い」という私の主張に賛同いただけるのではないか。

というのは、台詞のあいだに記された役者への指示――いわゆる「ト書き」――が緻密で、それを脳内で再現して行間を埋めてゆけば、立派なクリスティー・ミステリができあがるからである。言い換えると、クリスティーの戯曲におけるト書きは、彼女流のミステリを成立させるために必要不可欠な手がかりや誤導を凝縮したものなのだ。

本書巻末にはチャールズ・オズボーンによる小文「アガサ・クリスティーの戯曲」が収録されていて、そこにも書かれているように、もともと演劇好きだったクリスティーが戯曲を書きはじめたのは、他人による自作の脚色に満足できなかったためだったという。クリスティーには自分が好きなものを自分で書いてしまうというファン・ライター気質――初期の『秘密機関』『ポアロ登場』などが典型ですね――があったが、戯曲執筆の動機に関しては、「ミステリとして自分が大事にしているもの」が共有されないことへの不満もあったということだろう。詳細なト書きは、そんなクリスティーのこだわりの表れなのだ。

そんな不満から出発したクリスティーが、自作の脚色をはじめ、どのような戯曲を書いていったか、というのは先述の「アガサ・クリスティーの戯曲」に詳しいのでそちらをご覧いただきたいが、『ブラック・コーヒー』に続く二作目のオリジナル作品である

『蜘蛛の巣』は、ある女優のためにコメディを意識して書かれたという。

物語は田園地帯にあるカントリーハウスで展開する。演劇らしく場面は客間に限定され、隣り合う書斎やホールや庭などが、ドアが開いて人が出入りするたびに時折ちらりと見える。この客間に本棚に擬態した隠し扉がある。演劇の舞台上では、この扉は真正面のやや下手寄りにあって、否応なく観客の視界にありつづける。

この屋敷は外務省高官のヘンリー・ヘイルシャム＝ブラウンの邸宅で、多忙で留守がちな家を、後妻であるクラリッサ（クリスティー文庫版戯曲ではクラリサ）が切り盛りしており、陽気な彼女は前妻による虐待で心に傷を負っていた継娘ピッパ（クリスティー文庫版戯曲ではピパ）とも信頼関係を築き、少女も屈託のない笑顔を取り戻している。

この日はヘンリーが外国からの賓客をひそかに自宅でもてなす予定があった。その準備をはじめたクラリッサは、客間に男の死体があることに気づいて仰天する。それはさきほどクラリッサの前に現れたピッパの母の再婚相手オリヴァーの死体だった。犯罪者まがいのこの男は、ピッパをよこせ、さもなくば……と脅してきたのだ。それをクラリッサはどうにか追い返したのだったが――

こうして物語は転がり出す。この屋敷には気のいい老紳士ローランド卿とヒューゴ氏がおり、ちょっと頼りない青年ジェレミーが滞在していた。ヘンリーの大仕事を控え、そしてオリヴァーを殺害したのはピッパではないかという思いから、クラリッサは三人の男たちに死体の隠蔽を手伝わせる。しかし、例の隠し扉の奥に死体を隠し終えたとき、殺人事件の通報があったと言って刑事が訪問してきたのである。クラリッサと三人の紳士たちは、「殺人なんて知りません、死体なんてありません」という芝居を刑事相手に打つことになる。

幕が開き、三人の紳士たちが目隠しして三種のポートワインを言い当てるという遊びをしている場面で主要人物のキャラと物語のコミカルさを瞬く間に説明し終えるや、物語は快速のテンポで進む。この軽妙なスピード感が『蜘蛛の巣』の美点のひとつである。そして死体が転がり出し、隠し扉の向こうに隠される。そう、観客の視界につねにあるあの場所に。「あそこにある!」ということを、観客は観ている最中ずっと意識させられる寸法である。刑事がそこに近寄れば「ああっ!」と思うだろうし、本作の最大の名脇役である豪快な庭師ミス・ピークが無造作に隠し扉のことを口にする瞬間には、誰もが頭を抱えたことだろう。

この隠し扉がクリスティーの巧さである。他のミステリ劇でも、「物語上で重要なものが舞台上のどこかに物理的に存在し、隠れていること」が物語のカギになっている。『ブラック・コーヒー』では秘密の書かれた紙片が舞台上のどこかに隠され、一幕ものの『海浜の午後』も失せ物さがしの話。すべてのミステリ劇は「舞台上の誰かが犯人」ではあるのだが、最長ロングラン記録を誇る『ねずみとり』は、そのサスペンスとショックを徹底的に突きつめたものと言える。

観客が、舞台上のミステリを、観ている。そのことにクリスティーはきわめて自覚的な作家だったのである。ビリー・ワイルダー監督で『情婦』として映画化された『検察側の証人』は、観客が裁判における陪審員となるように舞台装置も含めて作り上げられているから、没入感は原作短篇よりも映画版よりも、舞台版が秀でているはずだ。

ミステリという小説において、「視点」がどこにあるかというのは非常に重要な要素となる。なぜなら、「意外な真相の暴露」を最大のカタルシスにするミステリ——それは謎解きミステリであってもハードボイルドであっても同じだ——という形式は、不可解な謎をはらんだ「見かけ上の現実」がまずあり、それを解体することで「真相としての本当の現実」が見えるという二層構造をとっているからである。だから、「見かけ上の現実」を「見」ているのは誰で、どういう角度から「見」ているのか、がカギを握る。

ミステリというのは一種のだまし絵のようなものだといえばいいだろうか。オランダの画家エッシャーの版画作品『滝』や『物見の塔』を立体化した福田繁雄による作品（検索すればネットで見られます）において、物理的に不可能なはずの「現実」が、ある特定の角度からオブジェを見たときにだけ成立するのと似ている。

誰が、どこから、どのような色の色眼鏡をかけて、物語内で発生する事態を見ているのか。アガサ・クリスティーは、このことにきわめて自覚的なミステリ作家だった。その傑作の多くは——例えば『アクロイド殺し』や『五匹の子豚』や『ホロー荘の殺人』——ミステリとしての核心に、そうした「見る視点」の問題が関わっている。そしてもちろん殺人者は、容疑者群のなかで「無実の人間」の芝居を演じているのであり、したがって犯人捜しミステリには本来、「演劇性」が組み込まれていたとも言える。こうしたミステリにおける演劇性を、演劇への愛に基づく演劇への理解を踏まえて突きつめていったのが、アガサ・クリスティーという作家だったのである。

それを小説化したチャールズ・オズボーンについてはクリスティー文庫における前作にあたる『招かれざる客〔小説版〕』巻末の小山正氏による解説（小山氏は、映画や演劇といった非小説メディアにおける「ミステリ」について比類なき見識を持つ評論家なので、この解説は示唆とトリビアに満ちた必読の原稿です）を参照いただきたいが、この解説にあるように、戯曲は容易に書店で手に入るタイプの書物ではないため、オズボーンによる小説化のおかげで、原作小説を持たない『ブラック・コーヒー』『招かれざる客』『蜘蛛の巣』といったクリスティー作品を一般の読者が容易に体験できるようになった、という功績がある。いずれも二百ページあまりと長くはないが、ひとまず「長篇」と呼べるようなボリュームを持ち、それぞれにクリスティーらしい趣向を凝らしたミステリばかりである。冒頭で私は「クリスティーの戯曲は、文字で読んでも面白い」と書いたが、それでも通常の叙述による小説のほうが読みやすいのは間違いない。

オズボーンの小説化は基本的に戯曲に忠実である。大きな脚色といっていいのは『ブラック・コーヒー〔小説版〕』の冒頭にあるエルキュール・ポアロの自宅でのモーニング・ルーティーンの場面だろうか。これなどは場が限定されてしまう演劇では描きにくい一コマで、かつ、ファンにはたまらなく嬉しいオマケと言える。つまりオズボーンさんは、流石よくわかっているのだ。

『蜘蛛の巣〔小説版〕』も同様である。読み心地は〔小説版〕のほうがややシリアス味が強いかなという気がするくらいでほとんど変わらない。ミステリとしての仕掛けもそうである。「オズボーンさん、わかってるな」と思わされたのは、46ページのローランド卿とミス・ピークのやりとりである。真相につながる話なので確認は読後にしていただきたいが、同じ場面は戯曲版にも当然あって（47ページ）、しかし〔小説版〕ではだいぶ簡略化されている。戯曲で読んだときには、ここの言葉遊び的な楽しさが印象に残っていたので小説版を読んだときに意外に思ったのだが、実はここ、「ミステリ小説」

と「ミステリ劇」の違いが表れる箇所なのである。

演劇というのは後戻りできない。解決場面で「あれが手がかりだった」と言われても、小説であれば前のページをめくって確認できる。しかし演劇においては過ぎてしまった瞬間を読み返すことはできない。問題の「言葉遊び」の箇所は重要な手がかりで、演劇ではこれを印象づけるためにギャグっぽく執拗に行い、それが不要な小説版においては、むしろ読者を欺くために簡略化した――ということだろう。

オズボーン氏はわかっているのだ。文字で書かれるミステリと、舞台で演じられるミステリはどこが同じでどこが違うのかを。舞台においては観客の視界にありつづける隠し扉は、小説においては目に見えない。だから隠し扉をめぐるドタバタよりも、殺人の謎解きのほうに焦点を当てる。論理の操作や細かな手がかりの検討などは文字の方が向いているからである。

本書が戯曲版よりもシリアスなのはそのせいもあるだろうが、それ以上にチャールズ・オズボーンの「演技」のせいでもあるのが面白い。例えば〔小説版〕136ページでクラリッサは「やめて」と「荒々しく」叫ぶが、戯曲では「やめて」と言うのみだ。「荒々しく」は役者オズボーンの「演技」なのである。ほかにも「尖った声で」「不愛想に」といった演技が随所に施されることで、『蜘蛛の巣〔小説版〕』のトーンが決められていっていることがわかる。したがって、ローランド卿がクラリッサに言う「犯罪者としてのおまえの天性の素質には、言葉を失ってしまう」（『小説版』94ページ）という台詞なども、戯曲版と小説版でずいぶんと響き方が変わってくるのである。

これが戯曲の——演劇というものの面白さなのだろう。その意味で、クリスティーらしいコントロールが存分に利かされつつも、『蜘蛛の巣』は戯曲として演技者によって風合いを変える自由度が高いとも言えそうだ。それをクリスティーと演劇について深い理解を持つ「わかっている男」オズボーン氏が着実に演じてみせたのが本書なのだ。

以前に『蜘蛛の巣』を読んだとき、「舞台で見てみたい！」と私は思った。そして今、このオズボーン版の小説を読み終え、あらためてそう思わされている。演者によってこの物語がどんな顔を見せるのか。本書はそんなふうに演劇の深遠さにまで思いを馳せさせる一冊だと思うのだ。ぜひ戯曲と合わせて読んでみていただきたい。勉強になります。

訳者略歴　同志社大学文学部英文科卒，英米文学翻訳家　訳書『コールド・リバー』パレツキー，『ポケットにライ麦を〔新訳版〕』『オリエント急行の殺人』クリスティー，『アガサ・クリスティー失踪事件』デ・グラモン（以上早川書房刊）他多数

Agatha Christie

蜘蛛の巣
〔小説版〕

〈クリスティー文庫 108〉

二〇二五年二月 二十日　印刷
二〇二五年二月二十五日　発行
（定価はカバーに表示してあります）

著者　アガサ・クリスティー
チャールズ・オズボーン
訳者　山本やよい
発行者　早川浩
発行所　株式会社早川書房
東京都千代田区神田多町二ノ二　郵便番号一〇一 - 〇〇四六
電話　〇三 - 三二五二 - 三一一一
振替　〇〇一六〇 - 三 - 四七七九九
https://www.hayakawa-online.co.jp

乱丁・落丁本は小社制作部宛お送り下さい。
送料小社負担にてお取りかえいたします。

印刷・株式会社精興社　製本・株式会社明光社
Printed and bound in Japan
ISBN978-4-15-130108-7 C0197

本書は活字が大きく読みやすい〈トールサイズ〉です。